# tout ce qu'il voudra

## naufragée

2^E PARTIE

7

SARA FAWKES

# tout ce qu'il voudra

## naufragée

2ᴱ PARTIE

7

*traduit de l'anglais (États-Unis) par Maxime Eck*

*Red Velvet*

# 1

– Je viens d'avoir une idée très amusante. Tu veux l'entendre ?

Jeremiah toisa Lucas, qui ne parut pas le moins du monde impressionné. Son sourire était d'une largeur presque indécente, ses dents blanches luisaient dans la pénombre.

– La dernière fois que nous nous sommes retrouvés tous les deux dans ce genre de situation, les rôles étaient inversés. C'est toi qui me menaçais d'une arme, petit frère, tu te souviens ?

– Loki…

– Oui ! Je me rappelle que tu m'as demandé de te donner une bonne raison de ne pas me tuer !

Lucas s'éclaircit la gorge avec une outrance théâtrale, mais son arme ne bougea pas d'un poil.

– Alors, cher frère, à ton tour, reprit-il. Pourquoi donc te laisserais-je en vie ?

– Pour moi ! intervins-je.

Je voulus contourner Jeremiah, mais ce dernier persista à faire rempart de son corps. Cette attitude m'agaça, mais j'insistai :

– S'il vous plaît, Lucas.

Comme Jeremiah se retourna pour me regarder, il ne remarqua pas l'éclair de déception qui traversa brièvement le visage balafré de Lucas, mais fut très vite remplacé par une expression railleuse, comme s'il n'avait jamais existé.

– Elle a dit s'il vous plaît, murmura-t-il sur un ton complice.

Pendant un instant, je fus persuadée qu'il allait raconter à Jeremiah ce qui s'était passé dans cette cabine quelques heures auparavant.

– Il se trouve cependant que, contrairement à mon frère, poursuivit-il en pointant le canon de son arme vers le plafond, je respecte les liens du sang.

Dès qu'il cessa d'être en joue, Jeremiah bougea. Je ne saurais même pas dire ce qu'il fit exactement, mais, comme par magie, il arracha le revolver à Lucas avant de plaquer ce dernier contre le mur et de le tenir en joue.

– En revanche, souffla Lucas, dont la cage thoracique était compressée par la poigne de fer, mes hommes ont ton bateau dans la ligne de mire d'un missile. Sans un ordre de moi, d'ici dix secondes, ils feront feu.

Il tira une radio de sa poche.

– Neuf…

– Appelle-les.

– Certainement pas, riposta l'aîné des Hamilton en louchant sur le revolver. Lorsqu'on me menace ainsi, je ne me laisse pas faire. Navré.

– Lucas…

– En personne, c'est bien moi, et tu sais très bien que je ne bluffe pas. Six.

Je m'interposai en attrapant le coude de Jeremiah.

– Je vais bien Jeremiah, lui dis-je d'une voix désespérée. Lâchez-le.

Jeremiah me dévisagea d'un regard furieux avant de se retourner vers Lucas qui, sans un mot, agita quatre doigts sous son nez. Lâchant un juron, Jeremiah libéra son frère, qui porta aussitôt sa radio à sa bouche.

– Donnez-moi trente secondes supplémentaires. Gardez-les dans le collimateur.

– *À vos ordres !*

Lucas abaissa l'appareil.

– Rappelle tes hommes, Jeremiah. Qu'ils fichent le camp de mon navire.

Les deux hommes se toisèrent du regard. Ils s'affrontaient en une bataille silencieuse où s'entrechoquaient deux caractères bien trempés. Jeremiah serrait les poings de façon convulsive, comme s'il rêvait d'étrangler son aîné. Ce dernier ne semblait nullement impressionné par cette attitude, mais un muscle de sa joue tressaillait sous l'effet de la tension. Les secondes s'écoulèrent. J'étais prête à tordre quelques cous moi-même lorsque Jeremiah porta une main à son oreille.

– Évacuez, lança-t-il.

Il marqua un temps d'arrêt et répéta :

– Évacuez et regagnez le bateau. Moi, je reste.

Je poussai un soupir de soulagement. Cependant, aucun des deux Hamilton ne lâcha le regard de l'autre. Des silhouettes apparurent sur le seuil. Kolya ainsi que certains acolytes de Lucas étaient arrivés, pointant leurs armes sur Jeremiah, tandis que Lucas se remit à parler dans sa radio.

– Laissez-les partir.

Il y eut un silence significatif, puis de nouveau :

– *À vos ordres.*

– Prenez ses armes et mettez-le dans la cale, ordonna ensuite Lucas aux types rassemblés devant la cabine. Je vous interdis de tenter quoi que ce soit contre lui. Il est rancunier et n'hésite pas à faire des coups bas pour se venger.

Jeremiah se dégagea d'un coup sec lorsqu'un des hommes tenta de l'attraper par le bras, mais il le laissa prendre son fusil d'assaut et le revolver.

– Vous allez vraiment bien? me demanda-t-il.

Une boule se forma dans ma gorge. Cette simple question me confrontait à une multitude de problèmes complexes.

– Oui, chuchotai-je.

Mon cœur était en proie à un violent tumulte ; j'en avais la nausée. Soudain, de manière déroutante, Jeremiah s'approcha de moi, m'enlaça et posa ses lèvres sur les miennes.

Son baiser fut aussi intense et puissant que dans mes souvenirs. Durant une fraction de seconde, je me blottis dans ses bras forts, oubliant ce qui m'entourait et la tension des derniers jours.

Mais, à l'instant où notre étreinte fut rompue, tout me revint à l'esprit avec une brutalité d'autant plus dure à supporter qui serra mon cœur comme dans un étau.

Jeremiah colla son front au mien.

– Je vais vous ramener à la maison, promit-il en enveloppant mon visage de ses grandes mains.

Puis il recula et disparut dans la coursive sans un mot, suivi de près par deux hommes armés.

– Vérifie bien que tout le monde est parti, ordonna Lucas à Kolya, qui acquiesça avant de s'en aller.

J'étais vraiment à deux doigts de vomir. Je m'assis sur le lit, le cœur au bord des lèvres. La perspective atroce d'être confrontée aux conséquences de mes choix m'accablait. J'inspirai plusieurs fois de suite avant de réussir à lever la tête en direction de Lucas, qui me dévisageait en silence. Cela ne lui ressemblait guère, lui d'ordinaire si loquace. Ses lèvres ne formaient plus qu'une mince ligne, et il quitta lui aussi la cabine sans un mot. La porte se referma avec un cliquetis, et je me retrouvai seule avec mon mal-être.

*Qu'avais-je fait?* Trois jours plus tôt à peine, j'avais prononcé des mots dictés par mon cœur. À présent, il me fallait m'interroger sur le sens exact qu'ils avaient pour moi.

Je tombais sur le lit et me massai les tempes pour repousser la migraine qui montait derrière mes yeux. *Qu'est-ce que je ressentais, là, en cet instant?* J'aurais voulu ne rien éprouver, en vérité. Mais c'était impossible. Toutes les émotions du monde bouillonnaient en moi comme dans un chaudron sur le feu. Je n'étais pas en état d'analyser la situation, encore moins de prendre des décisions.

J'ignore combien de temps je restai prostrée à ruminer des idées noires avant que Lucas revienne. Il avait avec lui un sac marin, et entreprit d'y fourrer les vêtements qu'il retirait des tiroirs de la commode. J'avais la gorge si serrée que je déglutis à plusieurs reprises pour retrouver ma voix.

– Où allez-vous?

– Je dormirai là-haut avec Matthews et Frank. Ainsi, vous aurez cette cabine pour vous seule.

– Pourquoi?

Il continua à s'affairer sans répondre tout de suite.

– Mon égoïsme a déjà détruit la vie d'une jeune fille innocente, grogna-t-il, mais son visage restait neutre. Je ne ferai pas la même erreur.

Je l'observai s'agiter dans la pièce. J'étais préoccupée et je me sentais coupable. Au moment où Lucas mit son sac sur l'épaule, je fus incapable de garder mes pensées pour moi.

– Jeremiah est-il au courant de…

Lucas m'interrompit, comme s'il s'était attendu à ma question.

– Il pense que vous êtes ma prisonnière. C'est le cas. C'est à vous de lui confier le reste si ça vous chante.

Son ton était dénué d'émotion, mais au moins, il ne me condamnait pas.

– Vous êtes libre de quitter cette cabine, ajouta-t-il avec un rictus désabusé. Mes hommes ont reçu des instructions leur interdisant de vous importuner.

Les mots qu'il avait employés – *vous êtes libre* – me firent sursauter. Jeremiah avait utilisé les mêmes lorsque je lui avais avoué mon amour. Cette coïncidence ne fit qu'augmenter ma confusion.

– Ne partez pas! soufflai-je quand Lucas ouvrit la porte.

Bien que je me sois exprimée tout bas, il marqua une pause et se retourna vers moi. Les larmes qui brouillèrent soudain ma vue m'empêchèrent de croiser son regard, mais il posa son sac et s'agenouilla à mes pieds. Il écarta avec délicatesse l'une de mes mèches, et j'inclinai la tête contre sa main.

– Lucy…

Je relevai la tête.

– Pourquoi ne voulez-vous pas que je m'en aille?

– Parce que…

Je me tus, incapable de formuler une réponse. Je me creusai la cervelle pour trouver une raison sensée à ma demande. Rien ne me vint à l'esprit, mais ce n'était pas étonnant : tous les événements de ces derniers jours étaient complètement dingues.

– C'est bien ce que je me disais, soupira-t-il en hochant la tête au bout d'un moment.

Il se releva, ramassa son sac et se glissa sur la coursive tandis que la porte se refermait derrière lui.

J'eus l'impression que mon cœur allait se briser, même si je ne comprenais pas pourquoi. Nerveuse, je me redressai vivement et me mis à arpenter la pièce. Je devenais folle, j'étais enfermée ici depuis trop longtemps. Je n'avais même plus conscience de l'heure qu'il était. Bien que j'aie le vague sentiment que, à l'extérieur de cette prison de métal, la nuit était tombée, j'étais tout à fait éveillée et j'avais besoin de réponses.

Mon pied heurta un objet. Je baissai les yeux et découvris la photo encadrée. Je la ramassai, constatai avec consternation que j'avais cassé le bord du cadre, même si, miraculeusement, le verre était intact malgré les coups qu'il avait reçus. Les deux garçons me fixaient, si jeunes, si pleins de vie et d'amour. Leurs yeux n'étaient pas emplis de colère et de défi comme ceux des deux hommes, aujourd'hui adultes, qui s'étaient affrontés ici même une heure plus tôt. Je ne pus m'empêcher de me demander si ces jours d'insouciance et de complicité étaient une page définitivement tournée de leur existence.

Reposant avec soin le cadre sur la commode, j'enfilai mes chaussures et ouvris la porte. Tôt ou tard, les Hamilton devraient régler leurs différends. À eux de choisir à quel moment. De mon côté, j'étais en proie aux doutes et une seule personne était en mesure de les apaiser.

La prison de Jeremiah était moins une cellule qu'une pièce humide au fond de la cale. Ici, le grondement des moteurs était assourdissant, au point que les murs et le sol vibraient. Deux des hommes de Lucas montaient la garde devant la porte. Mais quand ils me virent, l'un d'eux tourna la clé de la geôle avec désinvolture.

– Je vous conseille de frapper avant, grommela l'autre.

Malgré la faible lumière, je remarquai que le gardien avait un œil au beurre noir. Inspirant un bon coup, je cognai doucement avant de pousser la porte. Glissant ma tête par l'interstice, je distinguai la silhouette imposante de Jeremiah courbée sur une couchette. Il se leva lorsque je refermai derrière moi afin de préserver un peu d'intimité.

– Salut, murmurai-je.

Je pris le temps de rassembler mes idées et d'examiner les lieux. Ils étaient exigus, meublés de deux couchettes encastrées d'un côté et de toilettes sans paroi de l'autre. Une seule ampoule nue, au plafond, diffusait une lumière pâle. Je vis que Jeremiah ne portait plus sa tenue de commando mais un pantalon et une chemise noirs. Les traces de ses peintures de guerre étaient encore visibles sur son visage et ses bras. Je sentis le poids de son regard sur ma peau. Il me fallut une minute supplémentaire pour trouver le courage de tourner les yeux vers lui.

– Que s'est-il passé ? me demanda-t-il.

Je devinai aussitôt ce qu'il avait à l'esprit. Autant commencer tout de suite.

– Lorsque vous m'avez laissée, je suis montée dans une limousine. Je croyais que vous l'aviez laissée à mon intention. J'ignorais que Lucas était au volant. Il m'a conduite jusqu'à une deuxième voiture et m'a proposé de partir avec lui.

– Qu'avez-vous répondu ?

– Rien. J'étais… anéantie. Il a profité de mon état second. Et quand je me suis ressaisie, je lui ai demandé de me laisser partir. Il a refusé.

Jeremiah poussa un grognement. C'est seulement lorsqu'il bougea que je remarquai combien nous étions proches physiquement. Mais, malgré l'envie désespérée que j'avais de le toucher, c'était comme si un mur nous séparait. Nous avions beau être à moins d'un mètre l'un de l'autre, aucun de nous deux ne fit le premier pas.

– On m'a d'abord annoncé que mon chauffeur avait été drogué et ligoté, dit-il enfin. Puis on m'a dit que vous n'étiez plus à la maison. Je… j'ai…

Il se tut et je vis à son visage qu'il était en proie à une multitude de sentiments. Son masque stoïque était tombé. Il parut chercher ses mots, mais finit par poursuivre :

– Le temps que nous localisions la voiture grâce au mouchard, elle ne roulait déjà plus. Une fois que nous l'avons trouvée, il n'y avait plus personne à l'intérieur. Vous aviez disparu.

Ma poitrine se serra quand je perçus dans sa voix une émotion à laquelle je ne m'étais pas attendue.

– Qu'avez-vous fait ensuite? chuchotai-je, osant à peine respirer.

Il me contempla de ses yeux verts étincelants dans la lumière faiblarde.

– J'ai remué ciel et terre.

Je retins un cri étranglé, me couvris la bouche pour étouffer un sanglot. Immédiatement, toute gêne entre nous se volatilisa. Jeremiah franchit l'espace qui nous séparait et me prit dans ses bras. Je fondis en larmes. Ses doigts s'enfoncèrent dans ma peau, je sentis qu'il tremblait de tous ses membres. Je laissai enfin libre court à toutes mes angoisses et pleurai longuement, le visage enfoui dans son torse.

– Je suis désolé de ne pas avoir su vous protéger, murmura-t-il en m'étreignant plus fort.

Nous restâmes ainsi un long moment, heureux de nous être retrouvés, de pouvoir recommencer à nous toucher. Lorsque mes larmes cessèrent, je me sentais si faible que je dus m'accrocher à son corps robuste. Il déposa un baiser sur le sommet de mon crâne, posa ses mains sur mon dos en un geste possessif.

– Lucas n'est qu'un salaud, gronda-t-il. Vous êtes *à moi*!

– Pardon?

Les mots étaient sortis tout seuls. J'ignore ce que j'attendais de ma réaction, elle exprimait surtout mes doutes et mes hésitations. Jeremiah marqua une pause. Me dégageant de son étreinte, je le regardai.

– Je suis quoi? insistai-je, avec un détachement plus prononcé.

Jeremiah, troublé, fronçait les sourcils.

Je reculai, furieuse.

– La dernière fois que nous nous sommes parlé, je vous ai avoué que je vous aimais et vous m'avez rejeté. Alors, dites-moi, qui suis-je pour vous?

– Lucy...

– Non!

La colère était plus facile à gérer que la douleur. Elle me permettait d'exprimer ce que j'avais sur le cœur.

– Vous osez prétendre que je vous appartiens, mais vous m'interdisez de vous aimer. Alors, qui suis-je? Une obligation contractuelle? Un devoir?

– J'ai juré de vous protéger, protesta-t-il avec orgueil.

Je le regardai bouche bée. Ne comprenait-il donc pas ce que je lui demandais?

– Je me fiche complètement de ma sécurité, ripostai-je. Ce n'est pas important !

– À mes yeux, si.

– Pourquoi ?

J'avais hurlé. Jeremiah se redressa. Incapable de contenir ma rage, j'agitais les bras dans tous les sens. Exaspérée, je lui tournai le dos, passai la main sur mon visage. Lorsque je me retournai vers lui, je constatai qu'il s'était de nouveau muré derrière un masque froid et inexpressif et, tout à coup, l'envie de pleurer me reprit.

– Au nom de quoi estimez-vous pouvoir clamer vos droits sur moi et pourtant rejeter mon amour ? lâchai-je d'une voix brisée. Qui vous donne ce droit ?

Longtemps, il garda le silence. J'allais m'en aller quand il se décida enfin à parler.

– L'amour n'est pas franchement un gage de bonheur, dans la famille d'où je viens...

L'espace d'une seconde, son visage impassible laissa filtrer un éclair de souffrance avant de se rembrunir.

– Je crains... les complications éventuellement liées à l'amour, poursuivit-il.

Cette tentative de se justifier me désarçonna, mais je me ressaisis vite.

– Soit, admis-je du bout des lèvres, mais laissez-moi vous dire que mes parents ont été mariés et heureux pendant vingt-quatre ans. Mes grands-parents, cinquante-deux ans. Aussi, ces mots, je vous aime, ont une réelle signification pour moi. Je n'exigeais pas la réciproque, ajoutai-je en soupirant. Je tenais juste à ce que vous sachiez.

Il secoua la tête.

– Ces mots, objecta-t-il, ne sont que des platitudes. Quand bien même l'affection est là, je ne crois pas utile de la nommer.

*Des platitudes*. Encore une fois. Comme je haïssais ce terme ! Submergée par la fureur, je serrai les poings.

– Vous n'essayez même pas de vous mettre à ma place, n'est-ce pas ? lançai-je.

Dès lors que les choses n'allaient pas dans son sens, il les rejetait. Était-ce lui le vrai Jeremiah ? M'étais-je trompée à ce point depuis le début de notre relation ?

– Très bien, enchaînai-je sans lui laisser le temps de répondre. Pas d'amour, donc. Voyons un peu ce que ça donne.

Sur ce, et sans réfléchir plus avant, j'attrapai sa tête et l'attirai à moi. Le baiser fut catastrophique. Ça m'était égal. Il était évident que j'avais surpris Jeremiah, qui voulut s'écarter, mais j'étais bien décidée à ce que ça lui serve de leçon.

– Lucy, gronda-t-il.

Il agrippa mes bras. Abandonnant sa bouche, je passai à son cou. Il se figea mais ne me repoussa pas pour autant. Le goût âcre de la sueur et de l'eau salée envahit ma bouche et, un instant, je m'oubliai. Je promenai ma langue sur sa peau. Il frémit. Mes mains glissèrent sous sa chemise, suivant la courbe familière de ses muscles. J'entendis qu'il inspirait brusquement quand je pinçai légèrement l'un de ses tétons.

*Pas d'amour.*

Retirant mes mains, je me libérai de son emprise et tombai à genoux. Je constatai aussitôt que ce petit jeu l'excitait. Son membre raidi gonflait son pantalon. J'en défis les boutons en dépit de ses tentatives pour m'en empêcher. Je poussai sur ses hanches tandis qu'il s'appuyait à la couchette, et je glissai la main sous son pantalon.

– Arrêtez, Lucy.

– Pas d'amour, avez-vous dit. Notre relation n'a été que du sexe saupoudré d'un peu de danger. Pourquoi s'arrêter maintenant?

– Ça suffit!

D'une poigne ferme, il me remit debout.

– Ce n'était pas que du sexe! se récria-t-il en me secouant comme un prunier. J'étais...

*Clac!*

Je venais de l'interrompre d'une gifle en pleine figure. Le coup le désarçonna. Il cligna des paupières à plusieurs reprises avant de me lâcher.

– Vous vous sentez mieux? me demanda-t-il, les lèvres serrées.

La claque avait été assenée sans beaucoup de force. Son ton méprisant raviva ma colère.

– Non.

Et je lui flanquai mon poing en pleine mâchoire.

La douleur, fulgurante, fut telle que je poussai un cri. Jeremiah tituba sur le côté, mais mon triomphe n'était rien au regard de la souffrance irradiant mes phalanges qui gonflaient à vue d'œil. Je les massai tout en gémissant.

– Faites voir, ordonna Jeremiah.

Mais je m'esquivai. Au même moment, la porte s'ouvrit et les deux gardes surgirent, sans doute alertés par mes cris de rage. Jeremiah se figea, avec l'air de vraiment regretter ce qui venait de se passer.

– Lucy…

– La ferme ! le coupai-je.

La main blottie contre mon ventre, des larmes de douleur dans les yeux, je le toisai sans aménité et continuai :

– Je ne veux plus vous aimer, Jeremiah Hamilton.

Ma voix se brisa lorsque je prononçai son nom.

– Ça fait trop mal.

Comme je ne voulais pas pleurer de nouveau devant lui, je tournai les talons. Les sbires de Lucas s'écartèrent et je m'enfuis. Je grimpai l'escalier quatre à quatre, priant pour que personne ne me voie, et me réfugiai dans ma cabine.

2

J'aurais volontiers cédé à la tentation de rester calfeutrée jusqu'à la fin du voyage si le capitaine Matthews n'avait pas frappé à ma porte le lendemain matin.

– Nous venons d'entrer dans les eaux caribéennes, m'annonça-t-il à travers le battant. Je me suis dit que vous seriez peut-être tentée par un petit déjeuner avec une vue splendide.

J'avais très envie de ne pas répondre et de rester à bouder dans ma cellule sans parler à quiconque. Mais je n'avais encore jamais été dans cette partie du monde – ma famille n'était jamais allée plus au sud que la Caroline durant les vacances. Je m'habillai sans un mot, consciente que je me montrais fort impolie à l'égard du capitaine. Pourtant, lorsque j'ouvris la porte, il était toujours planté sur la coursive.

Un sifflement lui échappa lorsqu'il découvrit mes phalanges bandées.

– J'y jetterai un coup d'œil quand nous serons là-haut, commenta-t-il. La rumeur prétend que vous avez essayé de démolir le frère le plus costaud. Apparemment, vous y êtes pas allée de main morte.

Je ne relevai pas, mais un petit sourire traître souleva la commissure de mes lèvres.

– Il le méritait.

– J'en suis certain. Venez, Frank a préparé un ananas. C'est une tradition que nous respectons toujours sur ce trajet.

Je gagnai la salle de commandement sur ses talons. Le soleil qui chauffait ma peau me détendit, et je me rendis compte que me calfeutrer dans ma chambre avait entretenu ma mauvaise humeur. Mais je me sentis mieux dès que je fus sous le ciel radieux des tropiques. Si le bateau continuait de tanguer, la houle était moins forte que plus au nord. Rassérénée, j'escaladai les échelons et rejoignis Frank et Lucas qui étaient déjà attablés.

– Laissez-moi vous mettre un peu de glace, petite, décréta Matthews.

Il entreprit d'en remplir un sac en plastique. Lucas serra les mâchoires en découvrant ma main boursouflée. Il fut aussitôt à mon côté et s'empara délicatement de mon bras. Je m'écartai de lui, car je nourrissais des sentiments plutôt hostiles à l'encontre des Hamilton en ce moment. Il insista et, fort heureusement, se contenta d'examiner de près sans toucher mes doigts encore douloureux. La douleur s'était accrue au cours de la nuit, mais j'avais décidé de faire contre mauvaise fortune bon cœur. Un antalgique et une serviette humide autour de la main m'avaient permis de dormir.

J'ignorai à quelle réaction je m'étais attendue de la part de Lucas, mais certainement pas au sourire qu'il afficha.

– Sacrée nana !

Un rire surpris m'échappa. Je m'assis sur l'une des chaises. Bien que, ce matin-là, Frank soit à la barre, cela ne l'empêcha pas d'engloutir la majeure partie de l'ananas. Tandis qu'il se disputait avec le capitaine pour décider comment répartir le fruit entre nous quatre, j'admirai le paysage. Les fenêtres étaient ouvertes, laissant passer un courant d'air tiède. L'océan s'étendait à perte de vue, mais il était teinté d'un vert pâle nouveau. Lucas se pencha vers moi.

– Si vous trouvez ça joli, murmura-t-il, attendez un peu de voir quand nous approcherons des îles.

Je le repoussai de ma main valide, et il se rassit avec un immense sourire. J'avais beau lui en vouloir de m'avoir entraînée dans ce voyage, l'ambiance était trop joyeuse pour la gâcher. Matthews finit par me tendre le sac de glace.

Une fois le petit déjeuner terminé, Frank brandit un jeu de cartes.

– Bon, qui est tenté par une petite partie ?

Nous accostâmes tard dans l'après-midi, bien que la terre ait été en vue depuis déjà longtemps.

– De quelle île s'agit-il? demandai-je au capitaine.

– La Jamaïque. L'hiver est la meilleure période de l'année dans ces parages. Il fait un temps superbe.

Néanmoins, mon premier aperçu des lieux fut plutôt décevant. Si des palmiers et des arbres tropicaux ombrageaient la côte, le port minable dans lequel nous accostâmes ne devait pas figurer dans les guides touristiques. Lucas me laissa en haut pour aller régler ses affaires sur les quais. Je me rappelai alors amèrement le type de marchandise que le navire transportait.

– Comment supportez-vous de savoir ce que vous transportez? lançai-je aux deux marins tout en observant les hommes qui déchargeaient des caisses.

– On évite de regarder, répondit Matthews d'un air sombre. C'est pas le boulot de mes rêves, mais il paie bien. Ni Frank ni moi n'avons mis de côté pour la retraite.

Il soupira.

– J'aime pas mentir à mes anciens gars, quand ils m'appellent pour prendre des nouvelles. C'est ça le plus dur, pour moi. Même si je veux pas les mêler à tout ça.

Il m'était impossible d'imaginer gagner ma vie ainsi. Rencontrer des gens aussi bienveillants que le capitaine et son second dans ce genre de situation me désarçonnait. Si je ne les avais pas connus, j'aurais sûrement méprisé l'équipage de Lucas. Grâce à eux, j'éprouvais désormais de la compassion. Et puis, j'étais dans le coup, moi aussi. Même si je n'étais qu'une simple traductrice, mes paroles et mes actes étaient susceptibles d'entraîner la mort du médecin français. Je m'efforçai d'oublier ces idées lugubres et me bornai à rester à l'écart de l'agitation. Je restai dans le poste de pilotage jusqu'à ce qu'ils en aient terminé… et que je découvre Jeremiah sur la passerelle de débarquement.

Mon cœur battit soudain plus vite. Les sbires de Lucas escortaient son frère menotté sur le quai. Tout à coup, je ne fus plus en mesure de rester en place. Je pris une décision.

– Excusez-moi, messieurs, annonçai-je, mais il est temps que je m'en aille.

– On a été ravis de vous rencontrer, me dit le capitaine en me serrant la main. J'espère vous revoir un de ces jours. Dans des circonstances plus agréables.

J'avais des scrupules à les abandonner, je me demandais même si mon choix était judicieux, mais je m'empressai quand même de dévaler l'escalier et de faire le tour du navire.

Bien que les eaux soient plus calmes ici qu'à New York, je descendis prudemment de l'embarcation. L'activité sur le quai était bien différente vue de près, paraissant bien plus intense que ce qu'on voyait depuis les quartiers du capitaine. Ma poitrine ne cessa d'être oppressée qu'une fois que j'eus rejoint Jeremiah. Je m'efforçai de ne pas prêter attention à son regard qui pesait sur moi.

– Je pensais que vous ne voudriez plus jamais avoir affaire à moi, murmura-t-il.

– Moi aussi, rétorquai-je.

Je me retenais de le regarder, même si je mourrais d'envie de savoir ce qu'il ressentait. Un chariot élévateur se rapprocha dangereusement de nous. Je me collai à Jeremiah, toujours escorté de près par les hommes de main de Lucas. En dépit de l'agitation environnante, je me sentais en sécurité à côté de lui.

Une bordée de jurons précéda l'arrivée de Niall sur le quai. Il était soutenu par deux de ses hommes, mais semblait se ficher complètement de leur aide.

– Où est ce fils de pute ! brailla-t-il. Que je lui fasse payer !

– Quelqu'un me demande ?

Lucas émergea d'entre deux caisses, tous sourires. L'Australien tendit un doigt rageur dans sa direction.

– Quand M. Smith apprendra ce que vous m'avez fait, il…

– M. Smith vous entend déjà.

Niall écarquilla les yeux lorsqu'un autre homme sortit de l'ombre et se posta près du trafiquant d'armes.

– B-bonjour, balbutia l'Australien. Je… je ne m'attendais pas à ce que vous soyez ici.

– Je ne m'attendais pas à devoir faire le trajet, répliqua l'autre.

Il était plus vieux que le reste de la bande – la cinquantaine peut-être –, mais il était beau. Ses tempes argentées et les fines rides qui entouraient ses yeux lui donnaient du caractère. À l'instar de Jeremiah, il dégageait une incroyable aura d'autorité et, en cet instant, il paraissait ne guère apprécier son larbin australien.

– Dites-moi, monsieur Jackson, reprit-il, où est donc le docteur Marchand?

Niall passa nerveusement sa langue sur ses lèvres.

– Mes hommes n'ont pas réussi à mettre la main sur lui avant notre départ, fut-il contraint d'avouer. Je suis désolé, monsieur, s'empressa-t-il d'ajouter.

– Je vois. Vous n'aviez pas l'intention de transporter cette marchandise et de la vendre sans me tenir au courant, par hasard?

Blême, l'Australien ouvrit la bouche mais resta muet comme une carpe.

– Non, monsieur, finit-il par chuchoter.

– Je vous rappelle que les rumeurs vont bon train, et que ce genre de trahison est rarement apprécié. La rancune nuit aux affaires, et cela me déplaît. Heureusement pour vous, je suis de bonne humeur ce matin.

Smith regarda les deux types qui entouraient l'Australien terrifié.

– Occupez-vous de lui, leur ordonna-t-il.

Les hommes, qui avaient jusqu'alors soutenu le prisonnier, l'entraînèrent rapidement hors de notre portée. Serrant les poings, j'appuyai mon front contre l'épaule de Jeremiah, tandis que Lucas demandait:

– Qu'allez-vous faire de lui?

– Niall est hélas le neveu de ma femme. J'ai les mains liées. Je pense cependant qu'il ne commettra pas l'erreur une seconde fois. Merci de m'avoir appelé. Les autorités finiront bien par retrouver le pauvre docteur Marchand.

– Quelle honte, répondit Lucas. Les occasions de faire le bien sont tellement rares, dans notre métier. Néanmoins, je veillerai à ce que les médicaments atteignent leur destination finale.

– Entendu, acquiesça Smith avant de serrer la main au trafiquant d'armes. C'est toujours un plaisir de traiter avec vous.

Il s'éloigna, et Lucas s'approcha de nous. Il me jeta un coup d'œil avant de libérer Jeremiah de ses menottes. Quoi qu'il pense de nous voir tous deux réunis, il n'en montra rien.

– Désolé pour les menottes, dit-il, mais je devais m'assurer que tu ne te conduirais pas comme un imbécile.

Jeremiah se frotta les poignets.

– Que tu puisses faire ce genre de chose m'échappe toujours.

– C'est une simple question d'entraînement.

Lucas arborait un petit sourire. Pour autant que je puisse en juger, il paraissait sincère, même s'il ne livrait pas grand-chose de lui-même. J'étais d'ailleurs assez surprise qu'ils se parlent.

– Vous ne vous détestiez pas, il y a seulement quelques heures? m'enquis-je d'une voix hésitante.

– Si, répondirent-ils en chœur.

Ils échangèrent un regard, ce qui me rendit encore plus perplexe.

– Nous avons discuté, hier soir, révéla Jeremiah avec prudence. Et nous sommes parvenus à certains accords.

J'attendis des explications – en vain. Coincée entre les deux hommes, je constatai que leur ressemblance était frappante. Malgré leurs différences physiques, ils partageaient des traits communs, exceptée la cicatrice de l'aîné. Stigmates de son ancienne vie de soldat, Jeremiah en avait aussi mais sur le corps.

– Bon, allons à l'hôtel, décréta Lucas. Les affaires, ça m'affame.

– Comment ça? lançai-je à Jeremiah. On ne rentre pas à la maison?

– Pas encore, me souffla-t-il tandis que nous nous dirigions vers un gros SUV. Je vous raconterai plus tard. Pour l'instant, nous sommes plus en sécurité ici avec mon frère qu'à New York.

Ces derniers mots furent ponctués d'un soupir. La situation ne l'enchantait pas plus que moi, visiblement, ce qui ne me consolait pas pour autant.

Le trajet fut court et se déroula dans un silence tendu. Assise entre les frères, je ressentais la gêne qui pesait entre eux. Je ne regrettais pas d'avoir été fille unique. L'arrivée à l'hôtel fut un réel soulagement.

Je ne m'attendais à rien de particulier, mais je fus surprise par l'atmosphère très insulaire qui émanait des lieux. Des flambeaux s'alignaient le long de l'allée et de l'entrée et leurs flammes vacillantes dansaient dans le crépuscule. Il ne s'agissait certainement pas d'un cinq-étoiles... Plutôt d'un endroit de prédilection pour les habitants de l'île qu'un établissement touristique.

Comme nos chambres avaient été réservées, l'employé se contenta de remettre les clés à Lucas. Je fus heureuse de voir que je dormirai seule – inconsciemment, j'avais redouté que ce ne soit pas le cas – même si, bien sûr, je constatai que ma chambre se situait entre celle des deux frères.

Je soupirai. *Ces Hamilton !*

– Serait-il possible qu'on me mette au courant de ce qui se passe?

Il était tard lorsque nous dînâmes en terrasse, mais l'hôtel grouillait d'activité. De la musique nous parvenait depuis le bar, à l'intérieur. Quelques clients sortaient de temps en temps sur la terrasse, mais en cet instant, nous étions seuls. De hauts arbres sombres cachaient la vue sur les jardins, les alentours étaient calmes. On entendait le ressac de la mer toute proche.

– Quelqu'un est en train de se démener comme un fou pour nous ruiner ou nous tuer, annonça Lucas.

Il s'était exprimé d'une voix relativement calme. En même temps, il restait serein même lorsqu'il avait le canon d'un pistolet pointé sur son crâne…

– Il y a d'abord eu le tueur à gages engagé pour tuer Jeremiah, maintenant un saboteur poseur d'une bombe à laquelle je suis prêt à jurer qu'il ne connaissait rien.

– Je croyais que c'était Anya qui avait recruté le tueur à gages, dis-je.

Tous deux secouèrent la tête.

– Anya avait bien des défauts, objecta Lucas, mais elle n'était pas assez malfaisante pour penser à ça toute seule. On l'a forcément manipulée.

– Mes hommes sont en train d'enquêter là-dessus, intervint Jeremiah.

Il paraissait manquer d'appétit, son assiette était quasiment intacte. Profondément absorbé dans ses réflexions, il me jetait des coups d'œil de temps à autre. Je l'ignorais avec détermination.

– Si seulement tu acceptais de me rendre mon équipement de transmission, je pourrais te révéler ce qu'ils ont pu trouver, reprit-il à l'intention de son frère.

– Je te répète ce que je t'ai dit hier soir, répondit Lucas en se renfonçant dans son siège. Quel que soit ton réseau d'information, il est au bas de l'échelle niveau performance… Je pourrais te hisser au sommet.

– Je n'aime pas tes méthodes.

– Sauf qu'elles sont bien plus efficaces que celles auxquelles tu as accès, riposta Lucas avec un grand sourire.

Je vis Jeremiah serrer les poings sous la table.

– J'ai consacré des années à lutter contre les gens comme toi, lorsque j'étais dans l'armée.

– La carrière que tu as abandonnée pour me voler ma vie, commenta son aîné, dont le sourire perdit toute trace d'humour même s'il ne s'effaça pas. J'ai été viré de la seule existence que je connaissais par mon propre frère. Il s'est emparé du trône doré et m'a jeté aux chiens.

– Personne ne t'a jeté nulle part, se défendit Jeremiah d'un ton glacial. Tu as sauté tout seul au milieu de la meute. À plusieurs reprises. Et voilà que tu cherches à m'entraîner avec toi. Notre père…

– *Ton* père t'a tout donné et ne m'a rien laissé, siffla Lucas, venimeux.

– Je ne l'avais pas demandé !

– Ce qui ne t'a pas empêché de le prendre, non ?

– Du calme ! intervins-je d'un ton sec.

Les deux hommes étaient prêts à se sauter à la gorge. Nous n'avions encore attiré l'attention sur nous, mais si la conversation continuait sur ce chemin dangereux, ça ne tarderait pas.

– Et si on restait concentré sur le sujet de départ ? ajoutai-je d'une voix plus mesurée.

L'un et l'autre me fixèrent avec colère et, pendant un instant, je crus que les deux frères allaient s'allier contre moi. Ce fut le moment que choisit une farandole endiablée se déplaçant au rythme des congas pour surgir du bar, ce qui eut pour effet d'atténuer la tension qui régnait à notre table. Les Hamilton se détendirent un peu, sans pour autant cesser de se foudroyer du regard. Je soufflai un coup.

– Et maintenant? demandai-je.

Lucas me dévisagea la première, puis son frère.

– Vous avez vos passeports sur vous? s'enquit-il.

Je fis non de la tête et, après une hésitation, Jeremiah m'imita.

– Je devrais pouvoir arranger ça assez facilement, marmonna Lucas, à condition que tu ne sois pas déjà fiché comme hors-la-loi.

Cette dernière remarque visait Jeremiah. Devant mon air surpris, Lucas tout à coup réjoui, se fit un plaisir de me renseigner.

– Les médias racontent à l'envi que notre héritier a filé en douce du pays sans que personne ne sache vraiment pourquoi. Les autorités ne sont pas ravies, même si aucun mandat d'arrêt n'a encore été lancé. Je me trompe?

La question s'adressait une fois de plus à son frère qui, agacé, détourna la tête. Je m'apprêtai à me pencher pour poser une main sur son genou, mais m'arrêtai juste à temps. Malgré moi, j'avais de la peine pour lui. Lui qui voulait toujours tout contrôler avait été privé de ses moyens de communication par son frère et, par la même occasion, de sa position dominante.

– Ce soir, c'est repos, déclara Lucas en écartant les bras. Demain, nous partons pour Dubaï.

Depuis le temps que je fréquentais les frères Hamilton, j'aurais sans doute dû m'être habituée à ce genre de rebondissement, mais je sursautai quand même.

– Dubaï? Dubaï aux Émirats?

– L'un des pays les plus riches du monde, acquiesça Lucas avec un clin d'œil. Vous allez adorer.

– Mais enfin! gémis-je. Pourquoi je ne peux pas rentrer chez moi? Je ne suis pas de la famille. Si c'est vraiment elle qui est la cible, je ne suis pas concernée.

– Et que feriez-vous, une fois rentrée à la maison? demanda Jeremiah.

– Contrairement à ce que vous avez l'air de penser, rétorquai-je, je suis capable de me débrouiller seule.

– Ce n'est pas ce que je voulais dire…

– Si! m'emportai-je. Depuis que j'ai eu le malheur de vous croiser, l'un comme l'autre, on m'a tiré dessus, empoisonnée, enlevée – deux fois – et agressée. Je me fiche de votre fortune, je n'ai aucune envie que vous me traîniez dans des tas de pays étrangers. Tout cela est absurde!

– Je parie que votre vie n'a jamais été aussi intéressante, contra Lucas en souriant.

Que répondre? Je m'adossai à mon siège, à court d'arguments, et contemplai, ahurie, la farandole qui retournait à l'intérieur de l'hôtel. Deux beaux visages très ressemblants me dévisageaient. Le regard de Jeremiah était aussi impénétrable que d'ordinaire; le sourire de Lucas digne de celui du Joker. Malgré mon envie de hurler et de protester, j'étais incapable d'exprimer ma fureur.

– Il existe bien des façons d'atteindre un homme, me lança Jeremiah en se penchant en avant. La plus simple est de s'en prendre à ceux qu'il aime.

– Genre la fille que vous mettez dans votre lit? répliquai-je avec des accents à la fois revêches et accusateurs. Vous avez été très clair sur ce que je représente pour vous.

– D'autres pourraient s'y tromper, murmura Lucas.

Accaparée par ma colère, je ne relevai pas. Il y eut un silence, puis la farandole réapparut de l'autre côté de la terrasse.

– C'est idiot, repris-je. Et votre mère, alors? Pourquoi n'est-ce pas elle que vous tentez d'emmener à l'étranger?

– Ah! ricana Lucas. Ceux qui nous en veulent savent très bien qu'elle n'est sûrement pas notre point faible.

– Mes hommes la surveillent de près, précisa Jeremiah en regardant son frère. Même si je suis d'accord qu'elle ne risque sans doute rien.

– Ça alors! rigola Lucas. Mon petit frère ne me contredit pas! Ma foi, ça n'a pas dû être facile à sortir. Nous sommes aux Caraïbes, enchaîna-t-il du coq à l'âne. Amusons-nous!

Il me tendit la main.

– Dansez avec moi, s'il vous plaît. Faites-moi le plaisir de rendre mon frère jaloux.

– Je n'y tiens peut-être pas, répondis-je sans même le regarder.

Mais lorsqu'il saisit ma main et me força à me lever, je ne résistai pas. Comme la farandole passait en dansant juste devant nous, il me poussa à la fin de la file.

– Je serai sage, me lança-t-il en plaquant ses mains autour de ma taille, ce qui ne l'empêcha pas de me pincer les fesses quand nous entrâmes dans le bar.

– Presque sage ! souffla-t-il à mon oreille alors que je lui filai un coup de coude dans les côtes.

Le bruit sec des percussions et l'atmosphère joyeuse m'arrachèrent un sourire réticent – il s'agissait d'un mariage. Impossible de rester de mauvaise humeur. Entre la musique et les danses, je me sentis dans de meilleures dispositions. Le fait que Lucas ne laisse pas traîner ses mains là où il ne fallait pas contribua à la chose et, durant un bon moment, je me laissai aller.

Lorsque la farandole retourna pour la troisième fois sur la terrasse, je m'aperçus que la chaise de Jeremiah était vide. Balayant du regard les alentours, je repérai une silhouette solitaire qui se détachait dans la lueur des torches et s'éloignait. Abandonnant les autres, je la suivis.

Jeremiah s'arrêta près d'une cabane à outils quand je l'appelai. Mais après l'avoir rejoint, je ne savais plus quoi lui dire. Je le distinguais mal dans la pénombre. Les épaules voûtées, il détourna son visage. J'avais le cœur serré, mais je m'efforçai de prendre sur moi. Quand je posai la main sur son bras, je fus soulagée qu'il ne s'écarte pas.

– Je n'aime pas avoir le sentiment d'être inutile.

Je tressaillis. Il ne bougea pas, continuant de scruter l'obscurité.

– Eh bien, murmurai-je, bienvenu au club.

Le muscle se tendit sous ma paume.

– Contrôler les choses me permet de ne pas devenir fou. Mon père…

Il s'interrompit. Je pressai légèrement son bras.

– À la mort de mon père, reprit-il, j'ai perdu le contrôle de ma vie. Mon frère a raison. Je lui ai volé la sienne comme Rufus Hamilton m'avait volé la mienne.

Je serrai plus fort son bras et l'attirai à moi.

– Vous avez fait votre devoir, à l'époque, soufflai-je.

Ethan, l'ancien chef de la sécurité de Jeremiah, m'avait livré quelques éléments sur cette affaire sordide. Le patriarche, Rufus, avait mené ses affaires et sa famille d'une poigne de fer. Quand Jeremiah s'était engagé dans l'armée, contrecarrant ainsi les plans de son père, ce dernier s'était débrouillé pour que l'empire lui revienne – lui tombe dessus – à son décès. S'il n'avait pas repris les rênes, les biens familiaux de l'empire Hamilton auraient été perdus, et des milliers de salariés auraient perdu leur emploi. Confronté à ces difficultés, Jeremiah avait démissionné et quitté l'existence qu'il aimait. Il avait également été obligé d'affronter les accusations selon lesquelles son propre frère avait détourné des millions de dollars. La rumeur s'était par la suite révélée fausse, mais elle avait suffi à expédier Lucas sur des chemins plus que ténébreux.

Jeremiah passa une main dans ses cheveux.

– Me voici maintenant sous la férule d'un frère qui me déteste, contraint de participer à des activités contre lesquelles j'ai lutté autrefois et d'affronter un ennemi que je ne connais pas.

Il poussa un profond soupir.

– Et pendant ce temps-là, enchaîna-t-il, mon nom est traîné dans la boue, les affaires pour lesquelles j'ai tout sacrifié sont en train de s'effondrer et je suis incapable de protéger ceux que j'aime.

J'agis alors sans réfléchir. Glissant un bras autour de sa taille, je l'enlaçai et posai ma joue sur son torse. Il se raidit un bref instant, puis noua ses bras dans mon dos et me prit contre lui. Fermant les paupières, je sentis le parfum familier de sa peau et resserrai mon étreinte.

*Dois-tu vraiment te comporter comme une idiote?* J'étais malheureuse du tour qu'avaient pris nos relations. Il y a encore quelques jours, j'aurais fait n'importe quoi pour cet homme. Désormais, je ne savais même pas pourquoi j'étais là, avec lui. Je soupirai en mon for intérieur. La raison était évidente. *Parce qu'il a besoin de réconfort et parce que, en dépit de tout, j'aime encore ce salopard.*

Pouvoir mettre en veille cette partie de mon cerveau serait un tel soulagement. J'avais les idées tellement plus claires quand je me trouvais seule avec ma colère. Mais dès que je m'étais retrouvée en présence de Jeremiah, tout s'était brouillé. Même alors que je me débattais dans la pire des situations, je ne l'avais jamais détesté. Malgré sa position privilégiée, la vie ne l'avait pas épargné, et je comprenais en partie ce qui avait fait de lui l'homme qu'il était. Cela ne me rendait cependant pas les choses plus faciles.

Quand il remonta ses mains vers mes épaules, la chaleur envahit mon ventre. Il enroula mes mains autour de sa nuque, me poussa vers la cabane et me plaqua contre les planches. Mon corps tout entier tremblait à son contact, et lorsqu'il me fit baisser le menton et m'embrassa, je ne résistai pas.

Jeremiah avait toujours eu le dessus. Pourtant, cette fois, c'était différent. Il ne tenta pas de s'imposer. Son baiser ne fut ni un assaut ni une lutte. Ses lèvres caressèrent les miennes comme celles d'un amant, n'exigeant rien d'autre que l'autorisation de continuer. Lorsque je desserrai les lèvres, sa langue dansa et joua avec la mienne sans pour autant la dévorer. Je l'attirai plus près, avide de lui, mais il m'embrassait volontairement avec lenteur, m'infligeant de doux tourments qui ne ressemblaient en rien à ce que j'avais connu jusqu'alors avec lui.

Interrompant notre baiser, il appuya son front contre le mien. Des lucioles illuminaient ses prunelles. Le souffle court, je promenai le bout de mes doigts sur ses traits que j'aimais tant. Il plongea son regard dans le mien, sans rien dissimuler de ce qu'il ressentait. Je pus enfin lire en lui comme dans un livre, et ce que j'y découvris me bouleversa.

– Lucy, souffla-t-il.

Mon nom sonna comme une bénédiction sur ses lèvres. Un désir ardent brilla dans ses yeux alors qu'il m'embrassait de nouveau avant de murmurer une prière :

– Restez avec moi cette nuit.

Je fermai les yeux, passai la langue sur mes lèvres et, au bout d'une seconde, je le dévisageai. Un désir presque douloureux montait en moi, en même temps qu'une sensation de solitude atroce. La moindre fibre de mon corps réclamait ses caresses. Sa main glissa le long de mon cou puis de mon bras. Une légère brise marine rafraîchissait ma peau brûlante, et je frissonnai lorsqu'il répéta mon prénom, ses lèvres collées à mon front.

– Je suis désolée, Jeremiah.

Pendant un instant, je crus qu'il ne m'avait pas entendu chuchoter, mais il finit par s'écarter sans un mot. L'air frais s'engouffra entre nous. Je m'appuyai au mur tandis que Jeremiah, gardant le silence, s'éloignait dans la nuit. Le cœur en miettes, je me mordis les lèvres et me cachai le visage dans les mains, tentant de retenir mes larmes.

– Mon frère supporte mal qu'on lui dise non.

Découvrant mes yeux, je vis Lucas adossé à un palmier voisin. Il avait le regard tourné vers la silhouette sombre de son frère cadet. Je me tus, n'étant pas sûre de pouvoir garder mon calme si je parlais. Lucas sembla le deviner.

– Laissez-moi vous raccompagner à votre chambre, offrit-il.

Nous regagnâmes l'hôtel en silence. Tirant la carte magnétique de mon sac, je la glissai dans la serrure et poussai ma porte.

– Voulez-vous que je vous tienne compagnie cette nuit?

Je me retournai d'un bloc. Lucas m'étudiait. Il attendait patiemment que je lui réponde, mais j'étais incapable de prononcer un mot. Je le fixai et me rendis compte que j'avais envie de lui répondre oui. Ce soir, j'avais envie qu'on m'enlace, qu'on me dise que tout allait bien se passer. Mais plus important encore, je désirais que ce soit Jeremiah qui le fasse, ce que mon orgueil avait refusé d'admettre.

Lucas parut lire dans mes pensées car il hocha la tête.

– Bonne nuit, murmura-t-il.

Il prit ma main et y déposa un baiser avant de tourner les talons. Je le suivis des yeux jusqu'à ce qu'il ait disparu à l'angle du couloir, puis je m'enfermai dans ma chambre. Trop lasse pour me doucher, je me mis au lit en laissant les lumières allumées. Blottie dans mes propres bras, je tentai de conserver les ultimes effluves de l'odeur de Jeremiah sur ma peau.

# 3

Rien n'aurait pu me préparer à la ville que nous survolions.

Dubaï n'était pas totalement un mystère pour moi. J'avais lu des choses sur le Net et écouté les infos, et j'avais une vague idée de ce à quoi elle ressemblait. La réalité dépassait cependant de loin l'idée que je m'en faisais. Même la fatigue d'un vol de dix-sept heures ne réussit pas à calmer mon excitation lorsque je découvris la ville portuaire depuis le ciel. Les îles artificielles, la tour semblable à celle de Babel dont la flèche s'élançait de façon vertigineuse, tout était démesuré, époustouflant.

En quittant la Jamaïque, j'avais regretté d'avoir disposé d'aussi peu de temps pour visiter ou profiter du soleil. C'était la première fois que j'allais dans les Caraïbes. Malheureusement, les Hamilton étaient entièrement dédiés à leurs affaires. Au petit déjeuner, Lucas nous avait remis des passeports identiques à ceux que nous possédions. Assez bizarrement, il avait choisi de reproduire mes papiers canadiens. D'après lui, ils seraient plus avantageux dans les pays musulmans. J'eus beau convenir qu'il avait raison, je n'en étais pas moins inquiète du rôle qu'il comptait me faire jouer grâce à cela.

Cette fois, nous ne voyageâmes pas en jet privé – du moins pas durant la première partie du trajet –, mais nous eûmes droit à des sièges en première classe jusqu'à Londres, puis de Londres à Dubaï. En revanche, une fois les formalités accomplies, un hélicoptère nous attendait pour nous conduire à notre hôtel.

– Est-ce qu'il est à vous? demandai-je aux Hamilton dans le casque qu'on m'avait fourni.

Lucas secoua la tête.

– Non, à notre hôte. Un cadeau de bienvenue, en quelque sorte.

Jeremiah ne dit rien, se bornant à admirer le paysage par la vitre. Je n'osais pas trop le regarder. Il ne m'avait pas adressé la parole depuis que j'avais repoussé ses avances la veille au soir. Je n'aurais su dire s'il était en colère contre moi ou contrarié par la situation, et je redoutais suffisamment la réponse pour ne pas poser la question. Quand bien même, son silence me dérangeait, et avoir conscience que je l'avais blessé me serrait le cœur.

*Il faut qu'il comprenne ce qu'il a fait.* Malheureusement, les principes ne pesaient pas lourds face au désir qu'il me prenne dans ses bras, qu'il me laisse enfouir mon visage dans son cou et sentir son odeur. Il était si proche de moi que j'aurais pu le toucher. Mais comme il m'ignorait, je prétendais lui rendre la pareille.

De son côté, Lucas était dans une forme éblouissante pour quelqu'un qui était resté éveillé durant tout le trajet. J'aurais pu m'irriter de ses bavardages incessants si la description qu'il me fit de la ville n'avait pas été aussi fascinante et surprenante. Il semblait en savoir beaucoup sur Dubaï et sur le pays tout entier, et je me demandai combien de fois il s'était rendu ici.

Nous étions suffisamment hauts pour distinguer les îles artificielles en forme de palmier. J'en avais déjà entendu parler, mais lorsque je vis un archipel qui, à seulement quelques miles de la côte, prenait la forme d'une fleur reliée au continent par une tige, j'en eus le souffle coupé. Plus petits que les îles en forme de palmier, les petits îlots qui le composait étaient aussi plus délicats. Je comptai au moins une douzaine de «pétales» encerclant un «cœur» central plus important sur lequel s'élevait une grande structure.

– Est-ce là que nous allons? demandai-je quand l'appareil vira dans cette direction.

– Oui, acquiesça Lucas. L'hôtel Almasi. Le dernier ajout de prestige à une ville déjà flamboyante.

Le bâtiment n'était pas aussi haut qu'il m'avait semblé au début – une vingtaine d'étages en tout peut-être. Bien que résolument moderne, il présentait des aspects inspirés de l'architecture traditionnelle arabe. Un immense dôme en verre surplombait l'édifice, ses vitres étincelant comme des diamants sous le soleil. Un héliport avait été aménagé au sommet de la tour principale. Notre engin s'y posa et coupa ses moteurs et ses rotors.

Lucas fut le premier à en descendre, aussitôt suivi par Jeremiah. Tandis que je cherchai à détacher ma ceinture, deux mains se tendirent pour m'aider à descendre. J'hésitai, d'autant que Lucas et Jeremiah me couvaient d'un regard plein d'espoir. *C'est une blague ou quoi?* Je saisis la rampe, bien décidée à me débrouiller seule. Refusant délibérément de croiser le regard d'aucun des Hamilton, je lissai mes vêtements de la main.

Les pales cessaient de tourner lorsqu'un comité d'accueil apparut devant l'escalier menant à l'héliport. Un homme marchait en tête du petit cortège. Lucas se dirigea vers lui, je le suivis de près tandis que Jeremiah fermait la marche. L'inconnu écarta les bras dans un geste de bienvenue.

– Loki, mon ami! s'exclama-t-il. Voilà bien longtemps!

– Rachid, dit le marchand d'armes avec un sourire professionnel.

Ils n'échangèrent pas de poignée de main, ce que je trouvai bizarre. Lucas se retourna vers nous.

– Mon frère, Jeremiah, et Mlle Lucy Delacourt, dit-il avec théâtralité.

– Voici donc le cadet dont j'ai tant entendu parler! dit Rachid en avançant, la main tendue. Je souhaitais vous rencontrer depuis longtemps. Vos affaires ne vous conduisent pas assez souvent sur nos côtes.

Jeremiah inclina la tête sans rien montrer de ses sentiments. Il ne répondit pas. Rachid s'adressa ensuite à moi avec un grand sourire.

– Mademoiselle Delacourt ! s'extasia-t-il. Mes ancêtres auraient donné bien des chameaux pour une femme comme vous !

J'eus l'impression qu'il débitait ce genre de compliments à toutes les femmes qu'il rencontrait, mais je n'en fus pas certaine parce qu'il parut m'oublier aussitôt. Il ne m'offrit pas sa main, et son regard me sembla vaguement hostile. J'eus du mal à ne pas m'en offenser.

– Bienvenue à l'hôtel Almasi, messieurs. Rentrons discuter. Ma sœur Amira conduira votre femme à ses appartements.

Cette phrase eut le don de m'exaspérer. Aucun des Hamilton ne jugea bon d'intervenir. Une femme tout de noir vêtue, la tête couverte d'un foulard blanc, avança timidement d'un pas. Je fus déroutée par son visage franc, sa façon de m'examiner, comme si j'avais été une pierre précieuse rare et magnifique.

– Bonjour, lançai-je avec hésitation.

La jeune fille sembla se ressaisir et me sourit.

– Je m'appelle Amira, dit-elle d'une voix douce en me tendant la main.

La poignée de main fut plutôt molle, mais comme elle semblait s'en satisfaire, je pris mentalement note de me renseigner sur les coutumes arabes.

– Puis-je vous montrer votre chambre?

Si elle s'exprimait de façon très formelle, je devinai qu'elle brûlait de me bombarder de questions. Son anglais était excellent, même si sa tenue me déstabilisait. Son voile dissimulait entièrement ses cheveux et sa large robe cachait tout ce qu'elle avait de féminin. Les hommes ayant disparu de leur côté, nous nous dirigeâmes en silence vers un ascenseur. Je ne savais trop quoi dire, mais ma curiosité finit par l'emporter.

– Comment appelez-vous votre foulard?

Amira sembla un instant déconcertée, porta une main à son crâne, puis sourit.

– Vous êtes américaine, commenta-t-elle en hochant la tête, comme si ma nationalité expliquait tout. C'est un *hijab*.

– Et vos vêtements? insistai-je en désignant l'ample robe.

– Ce sont juste mes vêtements, répondit-elle, presque hilare.

Il n'y avait aucune rancune ni aucune moquerie dans sa réponse. Ma propre ignorance déclencha mes rires. Mes questions avaient visiblement rompu la glace.

– Il faut que je vous demande, reprit-elle quand nous entrâmes dans l'ascenseur, êtes-vous allée à Hollywood?

Amira était clairement fascinée par la culture américaine, et je me rendis vite compte qu'elle n'avait guère vu le monde au cours de sa jeune existence. Je lui dis que je vivais et travaillais à New York, ce qui parut l'enthousiasmer, et elle m'interrogea sur tout et n'importe quoi, de la statue de la Liberté au métro. Il m'était impossible de lui donner un âge. Tantôt, elle m'apparaissait comme une étudiante, tantôt elle était aussi naïve qu'une enfant. Une chose était claire cependant : bien qu'elle aspirait à découvrir le monde, elle menait une vie très recluse.

– Cet hôtel appartient-il à votre frère ?

– Non, il est l'un des investisseurs principaux et a participé à sa construction, mais il n'en est pas le propriétaire. Voici vos chambres.

Elle poussa une porte. *Chambres au pluriel ?* Je franchis le seuil et m'arrêtai net en voyant ce qui m'attendait.

– Oh ! m'exclamai-je, faute de mieux pour exprimer ce que je ressentis. Est-ce que c'est pour moi toute seule ? demandai-je ensuite à Amira qui acquiesça.

J'entrepris d'inspecter les lieux avec émerveillement. Moins d'un mois auparavant, j'avais eu la chance de loger au Ritz à Paris, l'un des plus beaux hôtels du monde. Là-bas, le moindre aspect de la décoration, le moindre centimètre carré de parquet participait à une atmosphère fastueuse, au style européen classique. Des sols aux plafonds, dans les chambres comme ailleurs, l'ostentation et l'opulence dépassaient l'imagination. J'avais adoré cette aura de richesse et de prestige.

L'impression était similaire ici, mais sous un abord bien plus contemporain. Les plafonds très hauts ajoutaient à l'immensité de la pièce. Au premier coup d'œil, rien d'ostentatoire. Au contraire, l'endroit avait un côté presque spartiate, comparé au Ritz en tout cas. Pourtant, les carrelages et les parquets, les murs aux couleurs chaudes et les meubles en bois sombre étaient aussi somptueux que ce que j'avais vu en France. Plus j'avançais dans l'appartement, plus il me paraissait vaste.

– C'est vraiment pour *moi*? répétai-je, incrédule.

– Oui, opina-t-elle avant d'ajouter en s'empourprant: Vos deux hommes seront logés dans les suites contiguës à celle-ci. Mon frère estime malvenu qu'une femme non mariée partage la chambre d'un homme.

*Mes deux hommes?*

– Non, non, me récriai-je en secouant la tête avec vigueur. Ils ne sont pas à moi tous les deux, je vous assure.

– Je ne vous juge pas, repartit Amira qui m'avait visiblement mal comprise. Les Occidentaux ont leurs propres croyances et pratiques. Toutefois, mon frère est très strict pour ce qui concerne la séparation des sexes, du moins quand il s'agit de ses invités.

J'en étais abasourdie. Je ne m'étais pas attendu à ce genre de réaction, et les paroles candides de ma compagne me firent rougir à mon tour.

– Je n'appartiens à aucun des deux hommes avec lesquels je voyage, réaffirmai-je conviction.

Techniquement, ce n'était pas tout à fait un mensonge, me dis-je.

– Qu'y a-t-il au rez-de-chaussée, m'enquis-je très vite, histoire de changer de sujet.

– Des boutiques destinées à satisfaire les désirs de la clientèle.

Elle m'avait débité cela comme si elle récitait un prospectus publicitaire.

– La conciergerie vous aidera si vous souhaitez organiser une visite de la ville, et une voiture avec chauffeur est attachée aux suites que vous occupez.

Amira me gratifia d'un sourire éblouissant.

– Et, précisa-t-elle, vous pouvez me poser toutes les questions que vous voudrez. Je tâcherai d'y répondre de mon mieux.

Je la dévisageai. Sa façon de parler m'incitait à penser qu'elle devait régulièrement s'occuper des hôtes de Rachid.

– Vous vivez ici, n'est-ce pas? À l'hôtel?

Elle rosit, baissa les yeux avec timidité.

– Nous avons une maison familiale, concéda-t-elle. Mais quand mes parents sont morts, mon frère m'a priée d'emménager ici définitivement.

La simplicité avec laquelle elle avait évoqué la disparition des siens me brisa le cœur.

– J'ai moi aussi perdu mes parents il y a quelques années, lui avouai-je en retenant mes larmes.

– Oh! s'écria-t-elle en effleurant mon bras. Je suis vraiment désolée!

Autant de compassion me toucha. Mais je parvins à retenir mon émotion. Le temps avait œuvré. La souffrance était là, avec le souvenir, mais de moins en moins violente. Soudain, une idée me traversa l'esprit, et je me jetai dessus comme un chien sur un os.

– Et si nous allions faire du shopping !

– Pardon? sursauta la jeune femme, surprise par ma proposition.

Je souris de la voir aussi troublée. Je la pris par le bras et l'entraînai vers le couloir.

– Venez donc avec moi ! lui dis-je. Il n'est pas nécessaire que nous achetions quoi que ce soit, mais on s'amusera. De toute manière, les hommes sont sûrement occupés à leurs affaires, alors faisons des « trucs de filles », une fois n'est pas coutume.

Un sourire perplexe étira les lèvres d'Amira.

– Je vous jure qu'on ne s'ennuiera pas, lui promis-je avec un clin d'œil complice.

Il s'avéra qu'Amira était très agréable quand il s'agissait de faire des « trucs de filles ». Je devinai tout de suite que ces occasions-là ne se présentaient pas souvent à elle quand je la vis admirer les vitrines et la décoration des magasins de l'hôtel. Si elle savait parfaitement où chacun se trouvait, il était clair, à ses yeux écarquillés, qu'elle y était rarement entrée, voir jamais.

Aussi, je me fis un plaisir de l'emmener dans les boutiques sophistiquées, choisissant pour elle des tenues sur leur cintre. Comme elle paraissait juger scandaleux de montrer ses jambes ou ses bras en public, je changeai de tactique et entrepris de chercher des robes à manches longues qui tombaient jusqu'aux pieds. Sans surprise, elles étaient légion, de même que les voiles de différents styles. Pour moi, ce fut une sorte de choc culturel. De l'extérieur, les boutiques ressemblaient toutes à celles des quartiers chics des États-Unis. Mais, dès qu'on commençait à y regarder de plus près, la sélection d'articles proposés ciblait la population locale.

Amira essaya plusieurs foulards colorés, ce qui me permit enfin de découvrir sa longue chevelure dénouée, aussi brune que celle de son frère. Elle était belle. Je réussis, après bien des efforts et en lui jurant que personne d'autre que moi ne la verrait, à la convaincre d'essayer une robe. Il me fallut plusieurs tentatives avant qu'elle m'autorise à l'admirer dans une tenue rouge qui, même si elle la couvrait de pied en cap, laissait deviner ses courbes. Elle tira sur le tissu en se dandinant devant moi.

– Elle est très serrée, fit-elle remarquer.

Je trouvai qu'elle était plutôt trop grande d'une taille, ce qui ne m'empêcha pas de la féliciter chaudement.

– Vous êtes sublime!

Un sourire gêné se dessina sur ses lèvres.

– C'est vrai, je trouve aussi, avoua-t-elle en se contemplant dans un miroir. Mais mon frère n'acceptera jamais que je la porte, ajouta-t-elle.

Son visage se referma.

– Vous n'êtes pas obligée de le lui dire…

– Il sait tout, me coupa-t-elle en pinçant les lèvres. J'ai commis une erreur. Je n'aurais même pas dû enfiler cette robe.

Je m'efforçai de dissimuler ma déception quand elle ressortit de la cabine d'essayage après avoir remis ses vêtements.

– Même pas un foulard? tentai-je une dernière fois.

Elle secoua la tête avec réticence.

– Merci de m'avoir accompagnée, dit-elle.

Elle afficha un petit sourire que son regard triste démentait. *Ma foi, ça n'a pas fonctionné comme je le souhaitais*. Non que j'aie eu un plan clairement établi en tête, mais je n'avais pas imaginé que notre escapade se terminerait sur cette note d'amertume. Certes, bien des aspects de la culture du pays m'échappaient, mais je voyais qu'Amira n'était pas heureuse, et j'avais l'impression d'en être en partie responsable.

Nous quittâmes la boutique et regagnâmes le hall principal. Je jetai un coup d'œil à la dérobée à ma voisine. Ces derniers temps, j'avais eu ma dose de testostérone. D'abord en étant retenue contre mon gré dans une demeure somptueuse, puis coincée à bord d'un navire plein d'hommes. J'avais tellement eu envie de me comporter en fille, ne serait-ce qu'un petit moment! Malheureusement, j'avais aussi raté ça.

– Écoutez, lançai-je dans l'espoir de sauver notre sortie. Moi, je me suis amusée. Je suis désolée si je vous ai poussée à faire quelque chose que vous ne vouliez pas et je vous promets de ne pas recommencer.

Je m'interrompis, tirai sur mes vêtements et repris :

– Là, j'ai vraiment besoin de me changer et de faire un brin de toilette. Et si nous nous retrouvions après ici?

Ce ne fut que lorsque je la vis sourire avec franchise que je compris que j'avais redouté un refus. Je me détendis.

– Ça me ferait très plaisir, répondit-elle.

Alors que nous atteignions le hall de l'hôtel, je vis qu'un homme à la peau mâte nous observait. Mon sourire vacilla et je regardai derrière moi. Passer du temps en compagnie des Hamilton m'avait apparemment rendue paranoïaque. Lorsque, un peu plus loin, je constatai qu'un autre individu semblait nous surveiller, je donnai un coup de coude à Amira.

– Avez-vous des gardes du corps? m'enquis-je.

Elle sembla surprise.

– Une escorte veille sur ma sécurité quand je quitte l'hôtel, oui.

*C'était peut-être ça.* Un frère surprotecteur se cachait derrière ces silhouettes furtives.

– Les hommes! grognai-je.

– Oui, s'esclaffa la jeune femme.

Nous nous quittâmes sur cet échange complice en nous donnant rendez-vous une heure plus tard. Cela me laissait amplement le temps de me rafraîchir.

Mais, à peine approchai-je de la porte de ma chambre que je compris que mes plans risquaient d'être contrariés : les échos d'une discussion animée entre deux hommes me parvenaient avec clarté. Je poussai la porte en soupirant. Lucas était affalé dans un fauteuil, un verre à la main. Près de lui, Jeremiah arpentait la pièce avec agitation.

– Que faites-vous chez moi? lançai-je, peu amène.

Lucas me salua en levant son verre.

– C'est vous qui avez la plus grande suite, répliqua-t-il d'un ton enjoué.

Je levai les yeux au ciel, peu disposée à affronter les Hamilton.

– Eh bien, retournez dans les vôtres! Je vais prendre une douche.

– Génial! s'exclama Lucas qui posa son verre sur la table. Je vous accompagne!

Je le dévisageai avec ahurissement tandis que son frère cessa brusquement de tourner comme un lion en cage.

– Loki! grogna-t-il, les poings serrés.

– Je sais toujours quand tu es en colère, remarqua l'intéressé. Quand tu m'appelles Loki, ça veut dire que tu meurs d'envie de m'arracher la tête. Ose dire que ce n'est pas vrai!

Pendant qu'ils se disputaient, ils m'oubliaient et ça m'arrangeait. Je supportais mal le souvenir de ce que j'avais fait sur le bateau, d'autant plus en présence de Jeremiah. J'évitais d'y penser par crainte d'être submergée par la culpabilité.

– Pardonnez mon frère, Lucy, enchaîna Lucas. Il vient d'apprendre qu'il a été déclaré *persona non grata* aux États-Unis.

– Comment ça? Il lui est interdit de regagner le pays?

– Oh non, rien d'aussi passionnant. Jeremiah tenait les médias sous sa coupe. Depuis qu'il a disparu de la circulation, ils s'en donnent à cœur joie et publient toutes sortes de choses fort amusantes.

– Je te répète que cette coïncidence est suspecte, commenta Jeremiah.

– Et moi, je crois que tu ne supportes pas de ne plus contrôler les journalistes.

– La meilleure façon de gérer ça, c'est d'être sur place! s'énerva son cadet de plus belle. Au lieu de quoi, je suis coincé à des milliers de kilomètres et ils en profitent pour publier des inepties.

– Pauvre chéri! Voilà qu'il craint pour sa *réputation*, maintenant, s'exclama-t-il en roulant des yeux. Excuse-moi de ne pas compatir.

L'amertume de Lucas était perceptible, et son attitude alimentait la colère de Jeremiah. J'avais débarqué au milieu d'un conflit qui couvait depuis longtemps. Le sourire cynique de Lucas et la tension que son frère manifestait m'indiquaient qu'il valait mieux m'éclipser.

– Bien, reprit Lucas alors que je m'apprêtai à sortir, si tu veux partir, pars! Rentre au pays et retourne dans ta tour d'ivoire. Mais Mlle Delacourt reste ici avec moi. Tu as suffisamment fait la démonstration que tu étais incapable de la protéger. Combien de fois a-t-elle été enlevée sous ton nez?

Je fis volte-face et fixai Lucas avec incrédulité. L'indignation me laissa sans voix. Jeremiah se raidit sous l'insulte, mais son frère semblait parfaitement indifférent au danger auquel il venait de s'exposer. Alors que Jeremiah amorçait un mouvement vers lui, il sirotait son verre tout en contemplant le désert par la fenêtre.

Des bouteilles s'alignaient sur le bar devant moi, mais je ne pouvais quand même pas les leur jeter dessus. D'ici peu, une bagarre allait éclater, et je ne pourrai rien faire pour l'empêcher. Apercevant un siphon à soda relié au robinet, je m'en emparai et visai les deux hommes. Lucas bondit sur ses pieds en lançant une bordée de jurons et Jeremiah recula, mais je continuai à les arroser aussi loin que le tuyau me le permit.

– Si vous voulez vous taper dessus, m'emportai-je, allez le faire dans vos chambres! Et maintenant, sortez!

Le sol était maintenant mouillé et glissant. Je toisai les deux frères, aussi ahuris l'un que l'autre, puis lâchai mon arme, levai le menton et décrétai avec autant de dignité que possible vu la situation:

– Je vais prendre ma douche. Quand je reviendrai, j'exige que vous ayez quitté les lieux.

Sans attendre de réponse, je filai et claquai la porte de la salle de bains en verrouillant derrière moi. La pièce était aussi somptueuse que le reste de la suite, mais j'étais trop énervée pour y prêter beaucoup d'attention. Je me déshabillai, fis couler l'eau et me mis sous le jet chaud.

De la cabine de douche, je ne pouvais rien entendre de ce qui se passait à l'extérieur de la salle de bain, mais je croisai les doigts pour que les Hamilton m'aient obéi. Après un long moment, je me résolus à sortir. Une fois séchée, je glissai la tête dans le couloir. Silence.

– Il y a quelqu'un?

Pas de réponse. J'avançai et jetai un coup d'œil au salon. On avait épongé l'eau et des torchons humides pendaient devant l'évier du bar, mais j'étais seule. Toujours furieuse, je gagnai la chambre et me préparai pour retrouver Amira.

La cabine de l'ascenseur s'ouvrit sur un hall bondé. Les clients qui se dirigeaient vers le bar voisin étaient pour la plupart occidentaux et parlaient anglais avec des accents variés. Il devait s'agir des membres d'une conférence ou d'un colloque qui retournaient à l'hôtel. Je m'empressai de fendre la foule afin de gagner le restaurant. J'avais promis à Amira de l'y retrouver mais j'avais quelques minutes de retard.

Comme le restaurant aussi était plein, je me hissai sur la pointe des pieds en quête de ma nouvelle amie. C'est dans ce genre de situation que je regrettais de ne pas être plus grande ou de ne pas porter de talons. Je me faufilai dans la foule pour rejoindre le bar, espérant avoir une meilleure vue sur la salle. J'aperçus une femme en foulard blanc. Elle agita la main à mon adresse, mais elle fut vite avalée par la cohue.

Les clients se pressaient surtout autour du bar, et je parvins finalement sans trop de mal à me glisser au milieu des gens. Je fus soulagée d'apercevoir de nouveau le grand sourire d'Amira. Alors que je m'approchai d'elle, Amira fit un pas de côté et disparu de ma vue. Je m'arrêtai net, surprise. Je me tordis le cou pour tenter de l'apercevoir car un homme s'était interposé entre nous, mais elle s'était volatilisée. J'écartai brusquement l'importun et, sans prendre garde à ses protestations, je me précipitai là où Amira s'était trouvée une seconde plus tôt. J'avais la chair de poule. Près des portes des cuisines, je ne repérai aucun voile blanc, juste les cheveux lâchés des clientes occidentales.

Un bruit retentit soudain dans les cuisines et je tournai la tête dans leur direction. Je me mordis les lèvres, songeant que je risquais de gros ennuis si je me trompais, mais après avoir hésité un instant, je poussai la porte. Pardessus le fracas ambiant des couverts, assiettes et casseroles, il me sembla entendre une femme qui criait. Les employés étaient nerveux, plusieurs d'entre eux agitaient les bras et criaient en arabe. Je les ignorai et filai vers la gauche. Quelques-uns tentèrent de me retenir, visiblement mécontents de mon intrusion, mais je les esquivai sans difficulté.

De nouveau, une voix de femme retentit et, au détour d'un passage, je vis un homme qui entraînait de force une silhouette voilée. Sous le foulard qui avait glissé, je reconnus la chevelure sombre de la prisonnière qui se débattait.

Je saisis une bouteille de champagne vide sur un chariot roulant. Sans cesser de lutter, Amira écarquilla soudain les yeux quand elle m'aperçut. Mes ultimes réticences s'évanouirent et j'abattis la bouteille sur le crâne de son ravisseur, qui lâcha la jeune fille. Lorsqu'il se retourna, je me tenais prête à le frapper une seconde fois. J'atteignis l'homme à la tempe. Il s'écroula au sol et resta immobile, inanimé. Je lâchai mon arme improvisée qui roula sur le carrelage tandis que je fixai avec horreur ma victime, dont le front était ensanglanté.

Je l'enjambai et aidai Amira à se relever. Elle fixait son agresseur tout en débitant un flot de paroles en arabe, en proie à une terreur évidente. Je prononçai son prénom, mais elle ne semblait pas m'entendre.

– Amira ! répétai-je plus fort.

Elle me regarda enfin.

– Il faut que nous partions.

Elle ne réagit pas immédiatement, mais finit par hocher la tête. Je la tirai par la main et l'entraînai dans un labyrinthe de couloirs où je ne tardai pas à me perdre. Nous étions dans les coulisses de l'hôtel, réservées au personnel et interdites aux clients. Les murs étaient enduits d'une peinture crème simple, bien éloignée des ornements luxueux de la partie publique des lieux. Après des tours et des détours, je m'arrêtai et fis face à Amira.

– Un endroit avec plein de monde serait idéal, lâchai-je. Est-ce que vous sauriez nous sortir d'ici?

La jeune fille fut tirée de son état de choc. La perspective de se rendre utile reprenait le dessus.

– Les boutiques sont par ici, répondit-elle.

Elle s'engouffra dans plusieurs corridors, et je lui emboîtai le pas, regrettant à présent d'avoir lâché ma bouteille. Les lieux étaient quasiment déserts, mais le brouhaha des voix se fit soudain plus fort et moins lointain, indiquant que nous touchions au but.

Amira poussa une porte qui débouchait dans un couloir très différent de ceux que nous venions de parcourir, aux murs décorés de mosaïques et au sol carrelé. Nous étions enfin dans la section commerciale de l'hôtel, où nous nous fondîmes dans la foule des clients. Je poussai un soupir de soulagement.

Même si personne autour de nous ne nous prêtait attention, nous n'étions plus seules.

– Où est le hall? soufflai-je.

Il fallait que nous retrouvions Jeremiah ou Lucas. Ils sauraient que faire.

– Par ici.

Nous marchions vite tout en nous efforçant de ne pas avoir l'air de fuir. Je ne cessais de surveiller les parages. Nous étions presque arrivées dans le hall, en sécurité, lorsque je vis un homme adossé au mur en train de nous observer. *Merde !*

– Nous allons peut-être devoir courir, Amira, chuchotai-je.

Il n'en fallut pas plus pour que mon amie décampe aussitôt. Je l'imitai. L'homme se lança à notre poursuite en portant sa main à sa bouche, comme s'il transmettait un message par talkie-walkie. *Oh mon Dieu ! Combien sont-ils ?*

À l'entrée du hall principal, deux ombres surgirent devant nous. Dérapant sur le sol lisse, nous nous arrêtâmes et cherchâmes des yeux une issue. Malheureusement, il n'y avait que des murs. Amira se blottit contre moi tandis que les trois hommes fondaient sur nous.

À cet instant, j'aperçus une silhouette familière de l'autre côté des portes vitrées de l'hôtel.

– À l'aide ! criai-je.

Les trois sbires s'immobilisèrent tandis que la silhouette se retournait vers moi. Je faillis défaillir de soulagement. En moins de temps qu'il n'en faut pour le dire, Jeremiah se retrouva à nos côtés.

Si le premier homme à nous avoir repérées put s'enfuir, les autres eurent moins de chance. Jeremiah en attrapa un par le col et le poussa contre le mur avant de se retourner vers le troisième. Je plaquai la main sur ma bouche en le voyant sortir un couteau, mais Jeremiah le désarma immédiatement avant de le frapper aux genoux. Il s'écroula dans un cri de douleur. Comme l'autre filait à son tour, Jeremiah l'agrippa et le projeta brutalement sur une table du hall.

Une foule de curieux avait commencé à se rassembler.

Des types baraqués en costume noir surgirent. L'homme à terre tenta de se relever. Jeremiah lui assena un coup dans les jambes qui le renvoya au sol, mais il ne put retenir son complice qui décampa vers les boutiques. Les hommes de la sécurité nous avaient désormais rejoints. Jeremiah leva les mains en l'air, mais, avec son pied, cloua tout de même au sol le type à terre qui s'était mis à ramper.

Rachid apparut au milieu des badauds et lança des ordres aux hommes qui s'apprêtaient à se saisir de Jeremiah. Ils attrapèrent finalement l'homme à terre. Lorsqu'ils l'emmenèrent, je fus rassurée, même si je jetai un œil en direction des magasins où les autres avaient disparu.

Amira se précipita dans les bras de son frère qui la serra contre lui. Elle fondit en larmes, le visage contre son épaule réconfortante. Lui-même parut lutter pour contenir son émotion. Il se tourna vers Jeremiah qui le fixa sans broncher.

– Je vous remercie, lui dit-il en posant sa main sur la tête de sa jeune sœur.

– Ce n'est pas moi qui l'ai sauvée, répondit le cadet des Hamilton en venant de placer derrière moi.

Rachid me regarda alors, *enfin*, et m'adressa un bref hochement de tête.

– Tout ce que vous voudrez, commença-t-il.

Amira se serrait encore plus fort contre lui. L'éclat des prunelles de l'homme prouvait à quel point il aimait sa sœur.

– Tout ce que je suis en mesure de vous offrir, vous l'aurez. Comptez sur moi.

J'acquiesçai, trop émue pour parler. Jeremiah posa ses mains sur mes épaules et, sans réfléchir, je me laissai aller contre lui. L'adrénaline courait encore dans mes veines, mon cœur battait à toute vitesse, et il accéléra encore lorsque le millionnaire m'enveloppa de ses bras protecteurs. Comme cela m'avait manqué ! Je faillis éclater en sanglots à mon tour.

La foule se dissipait, et j'aperçus Lucas qui se frayait un chemin vers nous. Il me regarda, jeta un coup d'œil à son frère puis sourit d'un air contrarié.

– J'ai comme l'impression d'avoir raté une bonne partie de plaisir.

Je ne fus pas autorisée à partir tout de suite. Je dus même subir deux heures d'interrogatoire avant de pouvoir regagner ma chambre. Amira, elle, s'était volatilisée, probablement sous la garde de son frère après la tentative d'enlèvement dont elle venait d'être victime. Les employés de la sécurité, ainsi que des hommes dont j'imaginais qu'ils travaillaient directement pour Rachid me harcelèrent de questions. Je répétai toujours les mêmes réponses, de plus en plus agacée, jusqu'à ce que Jeremiah mette un terme à la séance, à laquelle il avait en partie assisté. Il me prit dans ses bras et quitta la pièce d'un pas vif. Personne ne nous retint. Soit ils en avaient terminé avec moi, soit ils ne tenaient pas à affronter la rage de Jeremiah.

J'avais réussi à apprendre que, à l'instant où je descendais rejoindre Amira, Rachid avait été averti d'une menace imminente de kidnapping. Il avait aussitôt envoyé ses équipes mais il était déjà trop tard. Une caméra de vidéosurveillance installée à l'une des entrées de service avait repéré une camionnette quittant les lieux avec à son bord les deux autres malfrats. Sans mon intervention, Amira aurait été à cette heure enfermée dans cette voiture, en route pour je ne sais où.

Ma présence sur les lieux au moment même du kidnapping paraissait étrange, ce qui expliquait sans doute la durée de mon interrogatoire. Néanmoins, on n'essaya pas de m'arrêter. Épuisée, je posai la tête sur l'épaule de Jeremiah qui ne me lâcha qu'une fois devant ma suite, et seulement pour en ouvrir la porte.

Je n'avais qu'une envie : m'écrouler sur mon lit afin de ne plus penser à cette journée.

Hélas, le cadet des Hamilton avait d'autres projets en tête.

– Vous vous y connaissez en matière d'autodéfense?

Je gémis, me contentant de secouer la tête en guise de réponse. Il attrapa ma main, en déplia les doigts puis l'attira vers sa gorge.

– En cas de corps à corps, reprit-il, sachez que votre adversaire a des points faibles. Le côté du cou en est un.

Il déplaça ensuite ma paume vers le bout de son nez.

– Si vous frappez votre ennemi à cet endroit, il sera suffisamment sonné pour que vous puissiez vous sauver.

– Jeremiah…

Ignorant ma lassitude, il me fit pivoter et plaqua son pied sur mon genou.

– Si vous en avez la possibilité, tapez n'importe où du côté des genoux. Cela empêchera votre agresseur de vous courir après.

– Pourquoi me dites-vous tout ça maintenant? me lamentai-je en regardant vers ma chambre à coucher.

– Parce que je n'aime pas l'idée que vous soyez sans défenses.

Cette phrase ranima mon attention.

Jeremiah me regardait avec son impassibilité coutumière. Pourtant, sous ce calme apparent, je vis que le prédateur en lui essayait de se libérer. Je pris aussi conscience de notre proximité physique. Je contemplai ses yeux verts, et mon cœur cessa de battre en y découvrant l'intensité des émotions qui les habitaient.

Il se rapprocha encore, nos corps se frôlant presque. Sans rien dire, je humai le parfum unique qui émanait de lui. D'une main, il repoussa une mèche de mes cheveux derrière l'oreille, le bout de ses doigts glissant le long de mon cou. Mes yeux étaient aimantés par son regard, j'étais comme hypnotisée. À mon tour, je caressai les contours de son visage. Lorsqu'il appuya sa joue contre mes doigts, mon cœur s'emballa.

– Laissez-moi rester avec vous cette nuit, murmura-t-il.

Sa voix était chargée d'un désir brut, même s'il continuait de me caresser avec une grande délicatesse. J'inspirai profondément, fermai les paupières, tous mes sens en alerte. Je le sentais si proche, son odeur et sa présence suffisaient à affoler mon pouls. Mais le fait de ne pas voir son visage me permit de prononcer les trois mots les plus difficiles de mon existence.

– Bonne nuit, Jeremiah.

Sa main retomba. Tout mon être voulait renouer le contact. Quand je rouvris les yeux, il me dévisageait d'un air pensif. Puis, à ma grande stupeur, un sourire étira ses lèvres. Cette réaction lui était si étrangère que j'en restai bouche bée.

– Je n'ai pris conscience de ce que j'avais qu'une fois qu'il était trop tard, souffla-t-il avant de faire un pas en arrière. Bonne nuit, Lucy Delacourt. Mais nous n'en avons pas encore fini avec cette conversation.

Il sortit de la pièce. Je retrouvai mon souffle. Haletante, je restai immobile plusieurs minutes, effrayée de me lancer à sa poursuite si jamais je faisais un geste.

*Serait-ce si mal que ça?*

Je n'en savais plus rien.

Ma méfiance était-elle une volonté de me préserver ou un moyen de le punir? Je n'aurai su répondre à cette question avec certitude. Je doutais de punir Jeremiah autant que… moi-même. Je mourais d'envie qu'il me touche, j'avais besoin de lui à chaque instant. Sa présence à mes côtés éveillait à la fois le meilleur et le pire de moi-même. Mais, tout autant que j'aspirais à lui appartenir, je redoutais ce qui se passerait si je lui cédais. Je n'étais certaine que d'une chose: je ne survivrais pas à un second rejet.

La dernière fois que je lui avais déclaré mes sentiments, il s'était éloigné, et m'avait brisé le cœur. Était-il seulement concevable de ma part d'envisager de lui faire confiance, alors qu'il détenait pareil pouvoir sur moi?

Et puis, voudrait-il encore de moi lorsqu'il découvrirait mon secret?

Tel un zombie, je titubai jusqu'au lit et m'enfouis sous les draps sans même prendre la peine de me déshabiller. Roulée en boule, je fixai l'obscurité, l'esprit envahi d'émotions contradictoires jusqu'à ce que je finisse par sombrer dans un sommeil agité.

# 4

Je ne me rappelai plus vraiment comment j'en étais arrivée à me balader en 4 x 4 dans le désert, mais je m'amusais trop pour m'en soucier.

La ville était loin derrière nous, invisible au-delà des vagues de sable. Même du haut de la dune, je n'apercevais pas les gratte-ciel à l'horizon. Plus bas, des gens se déplaçaient, minuscules, comme des fourmis. Ils venaient dans notre direction, vers le campement bédouin installé au milieu du désert. Lasse d'être toujours dépendante de quelqu'un, je m'étais échappée un moment pour escalader une dune. Si elle m'avait paru raide à première vue, j'avais grimpé sans trop de difficultés.

Le soleil brûlant m'aveuglait. Une fois parvenue au sommet, j'observai les environs. En bas, les quads grondaient. Je n'avais jamais vu pareil spectacle, ces collines de sable à l'infini sous un ciel bleu étaient à couper le souffle.

Ce matin-là, j'avais été réveillée par une surprise. Étant donné ce qui s'était produit la veille, je m'étais attendue à rester claquemurée à l'intérieur de l'hôtel. Au lieu de quoi,

Lucas avait frappé à la porte pour m'inviter, un grand sourire aux lèvres, à une sortie dans le désert.

Bien sûr, il était hors de question de décliner pareille opportunité qui risquait de ne pas se renouveler!

Nous étions partis relativement tard, surtout à cause des mesures de sécurité qu'il fallait mettre en place. Rachid semblait ravi de nous offrir ce cadeau, mais de toute évidence ses hommes étaient sur le pied de guerre. Je n'avais plus entendu parler d'Amira, et, d'après moi, son surprotecteur de frère la tenait enfermée dans une tour d'ivoire.

J'aurais pourtant apprécié qu'elle soit avec moi en cet instant.

Se lassait-on jamais de ce genre de vue?

Les bruits de deux moteurs différents retentirent dans mon dos. Les Hamilton arrêtèrent leurs quads. Je levai les yeux au ciel en me rappelant que je disposais d'une propre garde personnelle.

– Vous ne devriez pas quitter le groupe, me morigéna Jeremiah. Nous ne sommes pas forcément en sécurité, ici.

– Oh, détends-toi, petit frère! s'esclaffa Lucas, qui était coiffé d'une casquette de base-ball miteuse. Reconnais juste que tu n'aimes pas t'amuser.

J'avais l'impression de me retrouver entre deux gosses qui se disputent. Lucas paraissait bien décidé à agacer Jeremiah et ne se gênait pas pour m'utiliser comme prétexte pour arriver à ses fins. À l'hôtel, il m'avait escortée à la voiture avant son cadet, j'avais du coup assisté à leur chamaillerie tandis que je m'asseyais sur la banquette. J'ignore qui avait gagné. Ils m'avaient ensuite rejointe, s'installant à mes côtés. Toute tentative de ma part pour alléger l'atmosphère s'étant soldée par un échec, je m'étais renfoncée dans un silence maussade pendant tout le trajet nous conduisant hors de la ville.

Comme personne ne m'avait expliqué ce qui nous attendait, je fus étonnée quand la voiture quitta la route principale et bifurqua sur une piste entre des rangées de dunes. Nous n'avions pas tardé à être secoués comme des pruniers. Projetée d'un Hamilton contre l'autre, j'avais fini par céder à la mauvaise humeur, et c'est avec soulagement que j'avais accueilli notre arrêt près d'un groupe de chameaux et de quads.

Là, on m'avait proposé de choisir comment je voulais me rendre jusqu'à notre destination ultime. Les chameaux n'ayant rien de très attirant, j'avais opté pour l'un des engins à moteur.

En haut de la dune où je m'étais réfugiée, Lucas m'apostropha :

– Vous aviez déjà conduit un quad, n'est-ce pas ?

Je lui souris, pas mécontente de moi.

– Quoi ? Vous avez peur qu'une fille soit meilleure que vous dans l'une de vos activités de mâle ?

– Je vous défie à la course, rigola-t-il. Le premier à rejoindre le groupe a gagné.

Sur ce, il mit les gaz et démarra dans une gerbe de sable. Sur le point de le suivre, je marquai cependant une pause en découvrant la mine de Jeremiah. Le front plissé, il fixait l'horizon. Au bout d'un moment, il se tourna vers moi et son regard s'adoucit, même si ses lèvres restaient pincées.

– Vous n'aviez pas envie de venir, hein? lui lançai-je, un peu au hasard.

– Non, acquiesça-t-il. Nous ne sommes pas tranquilles, ici. Je ne comprends pas que Lucas et Rachid aient décidé de se lancer dans pareille aventure.

Je m'étais posé la même question plus tôt le matin. Totalement isolés, nous étions des proies faciles.

– D'après Lucas, répondis-je, il s'agit d'un cadeau qu'il aurait été impoli de refuser.

– Il m'a dit la même chose.

De nouveau, Jeremiah contempla le sable, le regard sombre. Il avait l'air mal à l'aise, ce qui m'étonnait de sa part. Ce n'était certainement pas à cause de notre mode de transport inhabituel, il semblait savoir parfaitement conduire un quad.

Jeremiah gardait toujours le contrôle de sa vie – il la dirigeait d'une poigne de fer –, mais, ces derniers jours, il avait été contraint de renoncer à cette manière d'être tellement ancrée en lui.

– Pourquoi êtes-vous venus, alors? m'enquis-je avec une curiosité sincère.

Un instant, je crus qu'il allait refuser de s'expliquer. Il continuait de regarder le soleil qui commençait à descendre sur l'horizon, annonçant le crépuscule.

– Pour l'instant, réagit-il enfin, Rachid domine la situation. Lucas m'ayant privé de mes équipements, je n'ai pas accès à mes propres réseaux. Je suis donc incapable de mener mes recherches sur notre hôte, «l'ami» de mon frère. Je ne sais pas trop quoi penser de son aide, alors que j'ignore tout de lui.

– Lucas semble lui faire confiance.

– C'est un argument de plus pour se méfier de cet homme.

Je poussai un soupir silencieux et quelque peu compassionnel. Pour quelqu'un qui, comme lui, avait l'habitude de tout diriger, ce devait être un coup dur.

– Que s'est-il passé lorsqu'il vous a enlevée? me demanda abruptement Jeremiah.

Je me figeai et déglutis en contemplant à mon tour le lointain.

– J'ai servi de traductrice dans une négociation. Puis j'ai été embarquée de force sur ce bateau et j'ai failli être tuée par un saboteur cinglé. Rien que de très ordinaire, comme vous pouvez le constater.

J'eus un haussement d'épaules faussement désinvolte.

– Quel salaud! jura Jeremiah. Je n'aurais jamais dû vous laisser seule dans cette maison. C'est de ma faute.

Ma poitrine se serra, j'étais au bord des larmes. J'avais envie de tout lui avouer.

*Oh mon dieu ! Qu'avais-je fait ?*

– Alors, vous venez ou quoi ?

Lucas était en bas de la dune. Sa voix nous tira de nos pensées. Jeremiah observa le pied de la colline, tandis que je me détournais et ravalai mes larmes. Sans plus oser regarder mon voisin, je fis le tour du sommet de la dune avant de la descendre lentement.

– Qu'est-ce que vous fichiez ? me demanda Lucas quand je l'eus rejoint.

Comme je gardais le silence, son sourire se crispa et il ajouta :

– Mon frère vous a-t-il dit quelque chose ?

Je secouai la tête. Dieu soit loué, il n'insista pas.

– Où avez-vous appris à conduire un quad aussi bien ? s'enquit-il à la place.

– Ma grand-tante possédait des terres au Québec, répondis-je avec empressement, heureuse de la diversion, tandis que Jeremiah se rangeait près de moi. Quand j'étais enfant, nous faisions des courses de scooters des neiges, l'hiver.

Je ne précisai pas que cela remontait à plus de dix ans, ni que je n'avais jamais piloté par moi-même. Après tout, j'adorais le quad et je me débrouillais plutôt pas mal.

– Vous deviez bien vous amuser ! s'esclaffa Lucas.

– Je croyais que vous n'aviez plus de famille, lâcha Jeremiah de son côté.

– Nous les avons perdus de vue lorsque nous avons déménagé dans l'État de New York, éludai-je. Il ne me reste que ces vieux souvenirs. Me tourner vers eux à la mort de mes parents aurait été comme demander la charité.

– L'arrogance précède la ruine, commenta malicieusement Lucas.

Sa citation biblique me fit tressaillir. Il recouvra aussitôt son sérieux.

– Pardonnez-moi, ajouta-t-il, c'était maladroit de ma part.

Je redémarrai et m'éloignai des Hamilton. En cet instant, je ne tenais nullement à parler de ma famille et des choix que j'avais faits à aucun de ces deux hommes. Mon secret me rongeait l'âme, et la présence des deux frères ne faisait qu'ajouter à ma culpabilité. Je rejoignis le groupe qui nous attendait. Nous étions les seuls à rouler sur des quads, Rachid et ses hommes ayant opté pour le confort et la sécurité relative de SUV.

Les ombres des dunes s'allongeaient à vue d'œil au fur et à mesure que le soleil s'enfonçait derrière la ligne d'horizon. Le vent qui soufflait séchait les larmes qui roulaient sur mes joues. Le temps que les Hamilton me rattrapent, l'air sec du désert en avait déjà effacé les traces.

Nous atteignîmes le campement alors qu'il faisait presque nuit. De rares rayons de lumière pâle nous permettaient de nous guider. Étincelant comme un tison dans la nuit, il aurait été difficile de ne pas remarquer notre bivouac, oasis de lumière vive dans l'obscurité grandissante.

Des remparts constitués à partir d'une sorte de roseau entouraient le camp. Lorsque nous y pénétrâmes, je constatai que l'éclairage venait tout autant de brasiers que d'ampoules électriques. Comme je ne voyais pas de générateur et ne percevais aucun bruit, j'en déduisis que l'énergie qui alimentait l'endroit provenait de panneaux solaires. En tout cas, c'était une méthode idéale – et sophistiquée – pour ces Bédouins du désert.

Nous garâmes les véhicules près de l'entrée. Lorsque je descendis du mien, il me fallut un moment pour cesser de marcher comme un cow-boy et recouvrer la souplesse de mes muscles étirés par ce long après-midi. De vastes tapis avaient été étendus sur le sol. Le vent était plus fort, et de petits tourbillons de sable voletaient autour des voitures.

– Lucy !

Je me retournai. Amira venait à moi. Nous nous enlaçâmes avec joie.

– Je pensais que votre frère ne vous autoriserait pas à quitter l'hôtel, dis-je, incrédule.

– Oh, ça a été presque le cas. J'ai dû le supplier pour qu'il m'autorise à vous revoir.

Elle tira sur ma manche.

– Allons-y, un dîner et des divertissements nous attendent.

– Des divertissements? m'exclamai-je, interloquée.

Je ne me doutais pas du genre de divertissement qu'on pouvait organiser au milieu du désert.

Pendant que nous nous restaurions, Amira me présenta à plusieurs femmes. Certaines étaient des danseuses. Les voiles dont elles s'étaient couvertes dissimulaient à peine leurs courbes voluptueuses et leurs tenues dorées. Elles étaient toutes d'une grande beauté, et Amira semblait être liée d'amitié avec la plupart d'entre elles. J'eus le sentiment que la jeune fille aurait adoré faire partie de la troupe et avoir la permission de revêtir ces vêtements légers et brillants pour danser sur scène.

Mais les regards furtifs qu'elle lançait en direction de son frère et le garde du corps qui la suivait constamment me laissaient présager combien sa lutte pour ce qu'elle convoitait risquait d'être fort longue.

Le spectacle commença avant la fin du repas. Ce furent les danseuses qui ouvrirent le bal. Je fus fascinée par la manière dont leur corps bougeait au rythme des tambours. Les mouvements des filles s'accordaient à merveille à leurs voiles qui s'agitaient dans le vent. La fluidité de leurs gestes me coupa le souffle. Jamais je n'aurais osé imaginer qu'on expose autant de sensualité dans un pays arabe.

Beaucoup plus tard, alors qu'une bourrasque faisait glisser mon assiette en bois sur la table et que, derrière moi, les gens commençaient à s'agiter, je me rendis compte que quelque chose clochait. La dernière danseuse termina sa prestation dans une envolée de foulards et quitta la scène. Rachid s'approcha alors de nous.

– Nous dormirons ici cette nuit, annonça-t-il à Jeremiah et Lucas qui étaient assis de chaque côté de moi.

D'un geste, il ordonna à Amira de le rejoindre, puis appela l'un des danseurs masculins.

– Hassan va vous montrer vos quartiers.

Le vent sifflait à présent et criblait ma peau exposée de grains de sable. Jeremiah m'attira contre lui et me protégea de sa veste tandis que nous suivions notre guide en direction d'une rangée de tentes installées au fond du campement. Autour de nous, les lumières s'éteignaient les unes après les autres, si bien que notre sentier était quasiment plongé dans le noir. Heureusement, Hassan avait une torche électrique qui, à condition de rester près de lui, nous guidait dans les tourbillons de sable.

Nous nous faufilâmes à l'intérieur d'un étroit couloir recouvert de tapis et de couvertures, abri bienvenu après cette soudaine tempête. Hassan ne parlait pas un mot d'anglais, et il nous désigna les tentes du doigt. Chacun de nous trois avait sa tente. Sans un mot, nous partîmes chacun de notre côté, même si, je l'avoue, j'eus des réticences à quitter Jeremiah qui m'avait soutenu jusqu'ici. Retrouver la sensation de ses bras avait été le paradis. Certes, la culpabilité me pesait encore, mais je désirais faire durer ce moment le plus longtemps possible.

L'intérieur de ma tente ressemblait beaucoup à son extérieur. Des tissus épais qui claquaient au vent me protégeaient des éléments. Une lampe solaire, posée à même le sol, diffusait une lumière douce sur les tapis. Un lit avait été dressé à quelques centimètres au-dessus du sol, le long d'une paroi. Des coussins s'empilaient tout autour de la pièce et, à l'autre bout, un narguilé trônait sur une table basse.

Je ne pus m'empêcher d'admirer les lieux avec émerveillement. J'étais dans un camp de Bédouins, à l'intérieur d'une tente, au beau milieu du désert. Je ne m'étais pas imaginé vivre cela un jour, et malgré tout ce qui me tourmentait, j'étais heureuse.

Soudain, les hurlements du vent se firent plus forts et Jeremiah entra et rabattit le pan de toile derrière lui. Nous nous dévisageâmes, non loin l'un de l'autre dans l'espace étroit. J'avais le cœur serré. Ses traits exprimaient des émotions contradictoires, mais il n'avança pas. J'étais pétrifiée.

– J'avoue vous avoir soumise à rude épreuve, finit-il par dire d'une voix rauque ; son regard ne cillait pas. Un seul mot de votre part et je m'en vais.

Cette fois, ce fut mon ventre qui se serra. Mais il n'en avait pas terminé.

– J'ai besoin de vous, souffla-t-il comme un homme sur le point de mourir. Je n'aurais pas dû fuir de cette maison comme je l'ai fait, mais… mais l'amour…

Il s'interrompit, comme tourmenté par ce terme si difficile à prononcer.

– Toute ma vie, enchaîna-t-il, ce mot, ce *sentiment* a représenté un obstacle qu'il m'a fallu franchir. Vous connaissez ma mère. Dieu merci, vous n'avez pas eu à rencontrer mon père, car il était dix fois pire qu'elle.

– Jeremiah, murmurai-je en tremblant.

– Il n'empêche, vous m'êtes *indispensable*, dit-il en avançant d'un pas mal assuré. La moindre parcelle de mon corps me dicte de fuir, de vous abandonner, mais j'en suis incapable.

Ce fut moi qui franchis le mètre qui nous séparait encore. Je plongeai mon regard dans le sien. Le désespoir que j'y lus me submergea. Ravalant un sanglot, je pris son visage entre mes mains et caressai sa joue. Il était raide comme un piquet, les poings fermés contre ses jambes. Il se tendit plus encore, comme si son corps résistait, et je sentis une larme rouler sur mon propre visage.

Soudain, mon avenir se dessinait devant moi avec une précision très nette. Quelle que soit ma décision, elle n'aurait qu'une seule conséquence : nous briser le cœur avec une violence telle que ni lui ni moi ne nous en remettrions. J'avais trahi l'homme que j'aimais parce que j'avais cru qu'il me repoussait. Pourtant, en cet instant, j'étais témoin de son affection pour moi. Qu'il ne parvienne pas à prononcer la phrase fatidique n'avait aucune importance. Je voyais tout ce que j'avais espéré voir dans l'éclat de ses prunelles.

Mais je ne pouvais pas supporter de le laisser partir. Pas tout de suite. C'était peut-être de l'égoïsme pur de ma part, mais je savais que renoncer à lui me détruirait définitivement. Je savais aussi les dégâts qui surviendraient si mon secret était révélé. Notre destin était scellé, ne serait-ce qu'à cause de l'instant que nous étions en train de vivre.

– *Je vous en prie*, souffla-t-il.

Il tremblait sous mes mains. Mes dernières réticences s'envolèrent. Me hissant sur la pointe des pieds, j'attirai sa tête vers moi et l'embrassai.

Ce baiser léger, à peine un effleurement de nos lèvres, le sortit de sa paralysie. Tendrement, il enveloppa mon visage de ses mains. Son geste délicat soulignait d'autant plus la fragilité de la domination qu'il exerçait sur lui-même. Je me fondis en lui, avide de tous les contacts que deux corps pouvaient se donner.

À l'extérieur de la tente, le vent hurlait et sifflait, couvrant nos souffles. Jeremiah me souleva et me déposa avec douceur sur le matelas étroit. Il s'agenouilla entre mes jambes, essuya une larme sur ma joue puis m'embrassa de nouveau.

Dans l'obscurité de notre petit cocon, il n'existait que Jeremiah et moi. Nous étions insatiables. Ni lui ni moi ne parvenions à nous détacher l'un de l'autre. Nous ne dormîmes que par intermittence, entre deux accès de désir. Bien que courbatue et épuisée par nos ébats, je m'accrochai encore à ses lèvres quand je sentis qu'il durcissait de nouveau et je le chevauchai jusqu'à ce que nous jouissions tous les deux.

Nous étions aussi avides l'un que l'autre. Pendant ces heures que nous partageâmes, j'aurai pu prétendre que notre relation ne se terminerait jamais. Que je n'aurais pas à le rejeter. Que je n'avais pas commis une erreur qui nous briserait tous les deux en mille morceaux.

Malgré la pénombre qui m'empêchait de le distinguer précisément, je caressais tous les renflements de ses muscles, la plus petite courbe de son corps adoré. J'observais chaque centimètre carré de sa peau, comme pour m'en souvenir pour toujours. Si des larmes mouillèrent mes joues, il ne les vit pas. J'enfouis mon chagrin afin de lui offrir tout ce qu'il voulait, cette nuit-là au moins.

La tempête de sable s'était calmée lorsque je me réveillai et sentis Jeremiah qui me pénétrait. Rassasiée, délicieusement épuisée, je nouai mes doigts autour de sa nuque et hissai mon bassin afin de mieux accueillir ses allées et venues. Les lambeaux d'un rêve où j'avais été l'une des danseuses orientales s'attardaient dans mon esprit. Je roulai des hanches au rythme de nos battements de cœur.

Il poussa un râle avant de déplacer pour inverser nos positions et se retrouver sous moi. Le regardant derrière le voile de mes cheveux, je me serrai fort contre lui. Je fermai les paupières, rejetai la tête en arrière et entamai une danse lente et sensuelle autour de sa hampe fermement enfouie en moi. Ses doigts s'enfoncèrent dans la peau de mes fesses, accompagnant mes mouvements. Le féroce besoin d'assouvissement s'était apaisé. À présent, je lui faisais offrande de mon corps, bougeant au rythme d'une musique qui ne résonnait que dans ma tête. Ses mains quittèrent mes fesses pour envelopper mes seins, et ses pouces jouèrent avec mes tétons.

Sans cesser de rouler des hanches, je plaquai mes paumes sur son large torse tout en glissant sur lui. Alors seulement, je rouvris les yeux et vis qu'il me fixait avec une fascination teintée d'une sorte de crainte.

– Vous êtes si belle, souffla-t-il avant d'attirer ma bouche sur la sienne.

Nous restâmes ainsi un long moment, sans autre but que de nous donner mutuellement du plaisir. Puis je m'endormis profondément.

Quand je me réveillai, j'étais seule. Le soleil filtrait à travers la toile de la tente, éclairant celle-ci suffisamment pour que je voie mes vêtements éparpillés sur le sol. Si Jeremiah s'était éclipsé, je sentais encore son odeur sur moi, je devinais sa présence s'attarder sur ma peau. La douleur qui irradiait mon entrejambe était réelle, mais je l'ignorai dans la mesure du possible, m'habillai rapidement avant et sortis de la tente.

La lumière du jour me fit cligner des paupières. L'éclat était tel que j'eus du mal à regarder dehors mais je distinguai des silhouettes qui s'activaient au milieu du campement.

– Ne vous inquiétez pas, personne ne l'a vu sortir de chez vous.

Surprise, je sursautai et tournai la tête. Lucas était assis par terre, près de ma tente. Il contemplait ses mains qu'il débarrassait machinalement du sable qui s'y était incrusté. Je me figeai et le fixai en me demandant depuis combien de temps il était là. Comme le silence finissait par devenir pesant, je me sentis obligée de dire quelque chose.

– Vous si, visiblement.

– Oui, sauf qu'il semble que je ne sois personne.

Il se leva, hésita un moment, puis me regarda. Son masque souriant avait disparu et il arborait une sorte d'impassibilité dont son frère aurait été fier.

– Ainsi, reprit-il, vous avez enfin choisi.

*Ça n'a jamais été une question de choix.* Je ne pus cependant me résoudre à formuler cette objection.

– Lucas… commençai-je.

Je me tus, à court de mots. Il attendit quelques secondes avant de soupirer.

– Lui avez-vous dit ? murmura-t-il ensuite.

J'avais la gorge nouée. Je déglutis et me contentai de secouer la tête.

– Vous n'allez pas…

Je ne poursuivis pas, incapable de formuler la question. Un éclat agacé traversa les traits de Lucas.

– Ce secret n'est pas le mien, riposta-t-il d'une voix ferme.

Un instant, il sembla lui aussi avoir du mal à s'exprimer, puis il lâcha :

– Ai-je jamais eu la moindre chance avec vous ?

Je fermai les yeux, ne sachant quoi lui dire. Quel que soit mon désir d'oublier, ou plutôt de revenir en arrière, je m'étais adressée à lui dans l'espoir qu'il me réconforte et me protège. Et que je le regrette ou pas, Lucas m'avait effectivement apporté le réconfort et la protection dont j'avais eu besoin. Il méritait une réponse. Malheureusement, je n'étais pas en état de la donner. Pas en cet instant. Pas ici.

Je rouvris les paupières en soupirant. Son regard s'attarda par-dessus mon épaule et, en une fraction de seconde, un sourire s'afficha de nouveau sur son visage.

– Non, dit-il, les tempêtes de sable ne sont pas courantes, en cette saison, mais c'est une drôle de coïncidence que l'une d'elles se produise juste au moment où… Ah ! Quand on parle du loup !

Troublée, je pivotai sur mes talons et vis Jeremiah et Rachid. Le cadet des Hamilton gratifia son frère d'un regard glacial avant de tourner la tête vers moi. Son expression s'adoucit, mais il ne fit pas mine de me toucher. Seul son bras frôla le mien.

– Rachid, mon ami! s'exclama Lucas, son sourire toujours aussi forcé. Aussi charmante que soit cette expédition dans le désert, je suis venu à Dubaï dans l'espoir que vous répondiez à mes questions. Avez-vous du neuf?

Rachid tira une enveloppe brune qu'il avait coincée sous son bras et la lui tendit. Lucas s'en empara avec empressement.

– Votre demande n'a été ni facile ni bon marché, mon ami, dit Rachid. D'où le temps qu'il m'a fallu pour rassembler les éléments.

Lucas lui adressa un coup d'œil interrogateur tout en ouvrant l'enveloppe. Il en sortit un document, qu'il examina les sourcils froncés avant de le passer à Jeremiah.

– Tu le connais?

Par-dessus le bras de Jeremiah, je découvris une photo pas très nette, comme si elle avait été prise de très loin. L'homme qu'on y voyait portait des lunettes de soleil et avait les cheveux bruns, comme des millions d'autres hommes sur cette planète.

– Vous n'avez rien trouvé de mieux? grogna Jeremiah.

– Si, répliqua Rachid en souriant. J'ai aussi eu un nom. Alexander Rush.

– Ça ne me dit rien, commenta le milliardaire.

– Ça devrait, pourtant. Il s'agit de votre frère, apparemment.

# 5

Pendant un long moment, ni Jeremiah ni Lucas ne réagirent. Quant à moi, je finis par ne plus y tenir.

– *Encore un!* m'exclamai-je.

Les deux hommes se retournèrent vers moi. Je redressai mes épaules et soutins leurs regards. J'estimai en effet que deux Hamilton étaient amplement suffisants. Jeremiah observa de nouveau le cliché, dévisagea Rachid puis Lucas.

– Au fil des années, dit-il en lui rendant la photo, plusieurs personnes ont prétendu avoir Rufus pour père. Comment être certains que c'est vrai pour celui-ci? ajouta-t-il à l'intention de son interlocuteur. Est-ce que vous êtes sûr de ne pas vous tromper?

Rachid haussa les épaules.

– Qu'il soit ou non de votre famille n'est pas mon problème. Lui, il le pense, c'est amplement suffisant.

– Mais comment avez-vous découvert ça? insista Jeremiah.

– C'est le genre de question à ne pas poser, intervint Lucas qui, à son tour, scrutait avec attention la photo.

Rachid a tendance à faire le mystérieux et ne pas révéler ses sources.

Notre hôte lança un coup d'œil agacé au trafiquant d'armes.

– Mes méthodes mystérieuses ont peut-être permis de découvrir l'identité de celui qui essaye de vous assassiner, riposta-t-il.

– Eh ! rigola Lucas. Je n'ai pas dit que vous n'obteniez pas de résultats !

À quel point ces deux-là étaient-ils « amis » ? Je me souvins que, à notre descente de l'hélicoptère, à l'hôtel, ils ne s'étaient pas serré la main. Rachid était peut-être redevable d'un service à Lucas, mais leur relation s'arrêtait là. Il était maintenant évident qu'ils ne s'appréciaient guère.

– Je n'aime pas qu'on se moque de moi, décréta Rachid d'un ton plus calme, avant de s'adresser à Jeremiah : Je dispose d'un vaste réseau d'informateurs, mais je tiens à vous préciser que ceci a été particulièrement difficile à trouver. M. Rush, ou qui qu'il soit, est un homme très dur à suivre et très secret.

– C'est un bon début, concéda le milliardaire. Plus que ce que nous avions jusqu'ici. Je mettrai mes équipes là-dessus dès notre retour à Dubaï.

– Parce que vous êtes en contact avec elles ? m'étonnai-je.

Il acquiesça, tira un téléphone portable de sa poche.

– J'ai acheté ce téléphone à un serveur de l'hôtel hier matin. Je n'ai pas encore eu le temps de m'en servir. Il n'y a pas beaucoup de réseau, dans le désert.

Un sentiment de malaise commença à me gagner. J'eus le pressentiment que la vie que je menais depuis quelque temps était sur le point de s'achever, sans que je puisse faire quoi que ce soit pour l'en empêcher. Le mieux était encore de tout avouer et d'en finir, mais… Je contemplai le beau visage de Jeremiah et sentis mon cœur saigner.

– Lucy?

Amira s'approchait derrière moi. Elle regarda les trois hommes avant de me fixer.

– Accepteriez-vous de rentrer à la maison dans ma voiture?

Je ne méritais pas son offre. Essayant de contenir mon anxiété, je lui adressai un sourire sincère.

– Avec plaisir, merci.

Sans un regard pour le petit groupe, je suivis la jeune femme.

– Est-ce qu'il y a un problème? me demanda-t-elle une fois hors de portée des autres.

– Non, rien de spécial, éludai-je. Un échange d'informations, un combat de coqs, appelez ça comme vous voulez.

– Ah! s'exclama-t-elle. Les hommes seront toujours des hommes, non?

J'émis un rire bref, aussitôt étranglé par un soupir.

– Je suis prête à rentrer à la maison, dis-je ensuite, alors que nous étions à côté de sa voiture.

– Nous y serons dans deux heures.

Mais ce n'était pas à l'hôtel que je faisais allusion. Pardessus tout, j'aspirais à redevenir celle que j'avais été, à retrouver l'existence que je menais avant d'avoir jamais entendu parler de Jeremiah Hamilton. Si ma vie n'était pas très facile alors, sa simplicité et son honnêteté avaient été très supportables. À présent, j'avais l'impression d'être aussi prisonnière que quand le milliardaire m'avait proposé son contrat de travail.

– Est-ce que vous êtes sûre que ça va? insista Amira.

– Je suis fatiguée, rien de plus, répondis-je avec un sourire las.

Je montais à l'intérieur de la voiture en m'interrogeant sur ce que le futur me réservait.

Je m'aperçus très vite que ça m'était complètement égal.

– J'ai quelque chose à vous montrer.

Je m'assis sur le lit pendant qu'Amira s'affairait dans son immense salle de bains. Sa suite était presque aussi vaste que la mienne et, pour autant que je puisse en juger, elle ressemblait plus à un véritable appartement qu'à une chambre d'hôtel. Des portraits de son frère et, j'imagine, des autres membres de sa famille, s'alignaient sur les murs.

Le placard dont j'avais entraperçu l'intérieur était rempli de vêtements. Tout ceci était logique : son frère possédant des parts dans l'établissement, ils y vivaient peut-être à plein-temps.

– Prête ?

J'opinai puis, me rendant compte qu'elle ne pouvait me voir, lançai à haute voix :

– Prête !

Un petit moment s'écoula encore avant que la porte s'ouvre et qu'Amira fasse son apparition.

– Alors ? Qu'en pensez-vous ?

Ma mâchoire se décrocha un instant. Ensuite, un sourire ravi étira mes lèvres.

– Vous l'avez achetée ! m'écriai-je.

La robe rouge était aussi élégante que dans la boutique. De toute évidence, ma joie la remplissait de bonheur. Rouge de confusion, se mordant la lèvre d'un air indécis, elle déambula pourtant dans la pièce jusqu'à une grande psyché installée dans un coin. Elle se tortilla devant, se tournant et se retournant afin de s'admirer sous tous les angles.

– C'est la première fois que j'ai une tenue comme celle-ci, admit-elle. Je ne sais pas si j'aurai le courage de la porter en dehors de cette chambre.

– Bien sûr que si ! l'encourageai-je.

– Mon frère risque de me prendre pour une folle, murmura-t-elle en levant les yeux au ciel.

– On s'en fiche, de votre frère.

J'avais parlé sans réfléchir, et je regrettai aussitôt ma remarque inconsidérée. Se moquer de sa propre famille est une chose, c'en est une autre qu'un étranger le fasse. Heureusement, mon commentaire lui arracha un rire gai.

– On s'en fiche, de mon frère ! répéta-t-elle avant de se remettre à rire. Il n'apprécierait pas que je lui dise un truc pareil.

Elle étudia son reflet encore une minute, puis leva les bras à hauteur des épaules et commença à bouger comme les danseuses de la veille au soir. J'applaudis en rythme tandis qu'elle se déhanchait en tournant sur elle-même.

– Je suis sûre qu'il n'aimerait pas ça non plus, commentai-je.

– C'est mon frère, répondit Amira, comme si cela expliquait tout – ce qui était peut-être le cas, en effet. Je ne doute pas qu'il continuera de m'aimer, même si je décide de devenir danseuse.

Imaginer cette fille réservée s'enfuyant d'un camp de Bédouins pour se lancer sur scène aurait dû me faire rire. Au lieu de quoi, ce furent des larmes qui emplirent mes yeux. Le souffle court, je fus obligée de lutter contre le besoin aussi soudain que brutal de me laisser aller. Mais d'incontrôlables frissons s'emparèrent de moi. Naissant dans mon ventre, ils traversèrent tout mon corps. Lorsqu'Amira s'en aperçut dans le miroir, elle virevolta dans ma direction.

– Vous êtes sûre que ça va, Lucy ? s'écria-t-elle en venant s'agenouiller près du lit.

Pendant un moment, je secouai la tête comme un automate, incapable de dire quoi que ce soit.

– Non, finis-je par dire.

– Que s'est-il passé ?

L'inquiétude qui transparaissait dans sa voix me força à reprendre contenance. En partie du moins.

– J'ai commis une erreur, avouai-je. Une énorme erreur. J'ai…

*Peur.*

Mon Dieu, comme j'avais peur ! Non pas de ce qui risquait de m'arriver, mais de la réaction de Jeremiah lorsqu'il découvrirait que j'avais couché avec Lucas.

Je savais qu'il m'aimait, j'en avais la certitude jusqu'au plus profond de mon être. Mais ma trahison avait détruit notre relation pour toujours.

Attrapant ma main, Amira m'attira contre elle, et j'éclatai en sanglot sur son épaule menue. Je respirais à peine. Je savais que je devais le faire. L'angoisse me prenait à la gorge et me submergeait. Ma compagne me serrait doucement dans ses bras, en une étreinte affectueuse et tendre que je n'avais plus connue depuis la mort de mes parents. La culpabilité et la douleur se déversaient de moi comme un torrent. Je m'accrochai à cette quasi inconnue.

Je finis cependant par prendre conscience que je pleurai sur une robe magnifique, devant une jeune femme que je connaissais depuis seulement deux jours. Je me redressai, mais Amira me retint d'une poigne ferme.

– Que s'est-il passé? répéta-t-elle.

– Avez-vous déjà commis une faute dont vous aviez le sentiment qu'elle vous poursuivrait toute votre vie?

Quelque chose dans son regard inquiet me dit que ça ne lui était jamais arrivé. Elle n'avait pas ce fardeau qui lui pesait sur le cœur. Elle n'en continua pas moins à presser ma main entre les siennes et se déplaça pour me faire face.

– Souhaitez-vous que j'avertisse vos hommes?

J'émis un rire, ou plutôt une sorte de jappement.

– Non, m'empressai-je de dire, frappée par la coïncidence de ses paroles. Non, ça va aller. Ils n'ont rien à voir là-dedans.

C'était un mensonge éhonté, mais il parut être efficace.

– Vous n'avez tué personne, n'est-ce pas?

Je fixai Amira avec des yeux éberlués.

– Bien sûr que non!

Elle se détendit.

– Alors, reprit-elle, cette erreur est sûrement réparable, non?

Ce fut alors que je compris que je me leurrais. J'avais tué l'amour, pour ce qui concernait Jeremiah Hamilton en tout cas. Ce que je savais de son passé, la façon dont il m'avait regardée ces derniers jours me disait clairement que lui avouer ma trahison était susceptible de le détruire définitivement.

Je fermai les paupières, plaquai une paume sur ma bouche et me concentrai pour respirer normalement. Il me fallut un moment pour recouvrer un souffle à peu près régulier. Je me reprochai intérieurement de faire du cinéma, et la honte me tomba dessus comme une chape de plomb. Il fallait que j'aie une très haute opinion de moi pour croire que j'étais en mesure d'influencer le bien-être émotionnel d'un homme. Je tirai mes cheveux en arrière, m'essuyai vivement les yeux du revers de la main et me levai.

– Pardonnez-moi, m'excusai-je en tanguant sur mes pieds, je ne sais pas ce qui m'a prise.

Je m'étais déjà éloignée de quelques pas lorsqu'Amira m'interpella. Me mordant les lèvres, je me retournai pour la regarder. Ses traits étaient empreints d'une préoccupation réelle.

– Si vous avez besoin d'aide, souffla-t-elle en se tordant les doigts, n'hésitez pas à m'en parler.

J'acquiesçai brusquement, refoulant une nouvelle vague de larmes.

– Vous êtes splendide, chuchotai-je avec un pauvre sourire.

Il faut croire que je ne fus pas très bonne comédienne, car l'inquiétude sembla augmenter sur le visage de la jeune femme. C'en était trop, je devais m'éclipser.

– Je vous appelle très vite, marmonnai-je.

Sur ce, je pivotai sur mes talons et m'enfuis de la suite.

Je restai plantée plusieurs minutes devant la porte de la suite de Jeremiah avant de trouver le courage de frapper. Je donnai un petit coup, avec une telle mollesse qu'il s'entendit à peine. Je me forçai à recommencer, avec plus d'énergie cette fois. Je me trouvai là bien malgré moi, et je n'avais pas la moindre idée de ce que j'allais dire. Je n'eus pas l'occasion de le découvrir, car la porte resta close, malgré de nouveaux coups. Je me dirigeai donc vers ma chambre, vaguement soulagée.

Dans mes appartements, la lumière inondait la chambre par les fenêtres, aussi violente que celle du désert au cours de l'après-midi de la veille. Un climatiseur bourdonnait très légèrement quelque part, soulevant les fins voilages des croisées. Je m'adossai à la porte d'entrée, le temps d'apaiser les tremblements nerveux de mes jambes, puis j'avançai de quelques pas dans la pièce.

Je détachai mes cheveux qui tombèrent en cascade sur mes épaules. Une douche et une sieste me feraient un bien fou pour apaiser la tension qui m'accablait. J'avais déjà entrepris de déboutonner mon corsage tout en me dirigeant vers la salle de bains lorsqu'une ombre se déplaça dans le coin de mon champ de vision.

Je poussai un petit cri effrayé et trébuchai sur un fauteuil en reculant de quelques pas, tandis que Jeremiah se levait du canapé. Il était là depuis le début, mais j'étais si préoccupée que je ne l'avais pas remarqué. Le cœur battant, je m'appuyai au fauteuil et portai une main à ma poitrine. Il traversa la pièce et se posta face aux fenêtres.

– Jeremiah? haletai-je. J'étais sur le point de…

Il me coupa d'une voix plus glaciale que jamais.

– Quand aviez-vous l'intention de me dire que vous aviez *baisé* avec mon frère?

*bonus*

*S'il vous plaît, Lucas.*

La supplique résonna dans le crâne du marchand d'armes tandis qu'il descendait les escaliers pour atteindre les entrailles du navire. À la nuit tombée, les eaux devenaient agitées. Sous ses pieds, la passerelle tanguait et roulait, mais Lucas n'y prêtait aucune attention.

Dans la cale, ses hommes vaquaient à leurs occupations habituelles et vérifiaient qu'il n'y avait plus aucune menace à bord. Le trafiquant d'armes appréciait autant de conscience professionnelle. Les hommes qu'il recrutait n'avaient pas que du muscle. Certains étaient aussi bien formés, sinon mieux, que Jeremiah. Ils étaient intelligents – un atout indispensable pour mener à bien les affaires dangereuses de leur patron.

Deux hommes montaient la garde devant une petite cabine située à la poupe du bateau. Différentes armes et des équipements électroniques étaient posés sur une table. Lucas s'empara d'une radio miniature dont il vérifia les paramètres.

– Vous avez tout vérifié? demanda-t-il.

– On s'en est tenu à la fouille au corps après qu'il a flanqué un œil au beurre noir à Rawlins.

L'homme en question paraissait en effet avoir un cocard au-dessus de l'œil. Son compagnon, un chauve, ajouta devant l'expression soupçonneuse de Lucas :

– On a décidé de ne rien faire de plus en attendant vos instructions.

– Pourquoi ?

– Il s'agit de votre frère.

Ah ! C'était la clé de tout. Lucas acquiesça puis désigna la porte du menton.

– Sortez-le de là, que je puisse lui parler.

En attendant, il reprit son examen des objets confisqués à Jeremiah, y compris de son arme. Il connaissait bien le mitrailleur MP5, l'une des armes favorites des militaires. Celui-ci semblait avoir essuyé pas mal de coups de feu. Il vérifia qu'il était chargé, l'arma puis se retourna.

– Petit frère ! Je suis toujours aussi ravi de te voir !

Jeremiah le foudroya du regard, une moue de dégoût sur les lèvres. Un tel mépris ne pouvait que pousser Lucas à sourire encore plus. Il était d'ailleurs devenu un véritable adepte de ce genre d'exercice.

– Alors, dis-moi un peu. Comment as-tu retrouvé mon bateau ? Je l'ai fait fouiller de fond en comble avant le départ, donc il ne peut s'agir de mouchards. Les satellites, peut-être ?

– Pourquoi l'as-tu enlevée ?

Le visage stupéfait de Lucy revint à l'esprit de Lucas. Il se détourna vivement pour que son frère ne voie pas sa réaction.

– Ce n'est pas la question pour l'instant, répondit-il en tripotant l'équipement pris à son frère. Tu n'as pas pu nous localiser comme ça, d'un coup de baguette magique. L'océan est vaste. Quelque chose t'a forcément conduit jusqu'à nous.

– Bon Dieu, Loki, réponds-moi!

Les doigts du marchand d'armes se crispèrent sur le rebord de la table.

– Je préférerais que nous nous concentrions sur la manière dont tu m'as trouvé.

– Si jamais tu lui fais du mal…

– Tu es mal placé pour parler, riposta l'aîné des Hamilton en pivotant, les lèvres serrées. Est-ce que tu as la moindre idée de la facilité avec laquelle moi, je suis entré sur ton territoire? Tu aurais pu tout aussi bien me l'offrir sur un plateau.

Jeremiah se débattit – en vain – contre les poignes qui l'emprisonnaient. Lucas attendit patiemment que son frère se calme.

– Quelqu'un a payé un tueur à gages pour t'éliminer et, à la minute où tu en es débarrassé, tu es assez stupide pour baisser ta garde. Sais-tu ce qu'elle m'a dit, dans la voiture? Que tu lui avais brisé le cœur. Il me semble aussi me rappeler que, d'après elle, tu as dit que ses sentiments n'étaient que des «platitudes». Visiblement, c'est mal passé.

Il n'échappa pas à Lucas que la conversation prenait un tour qui déplaisait à son cadet.

– Elle a signé un contrat, dit Jeremiah, mais il le regretta immédiatement.

– Pardon?

Lucas, qui avait ignoré cet aspect des choses jusqu'à présent, sentit la colère monter en lui.

– Et quels en étaient les termes? enchaîna-t-il. Qu'elle devait faire tout ce que tu exigeais?

Jeremiah ne répondit pas, mais son frère était entraîné depuis des années à deviner ses pensées. Ce seul silence était un aveu.

– Mon Dieu! s'exclama le marchand d'armes. Tu en as fait ta pute.

– Je t'interdis de l'appeler comme ça! rugit Jeremiah.

Plein de rage, il parvint à libérer l'un de ses bras et se rua sur son aîné, mais l'autre homme le retint. À cet instant, Kolya intervint et força Jeremiah à s'agenouiller. Tremblant de fureur, les poings serrés, Lucas toisa son cadet.

– Tu m'écœures! cracha-t-il. Tu avais fait signer un contrat du même genre à Anya? Réponds!

– Non, lâcha Jeremiah d'une voix égale. Elle n'a jamais été obligée de signer quoi que ce soit.

L'envie de frapper son frère démangeait Lucas. Il n'avait rien oublié de ce que lui avait raconté Lucy, comment elle avait fait la connaissance du milliardaire et quand ils avaient échangé leur premier baiser. Elle l'aimait, Lucas en était convaincu, et elle avait redouté que lui-même ne tire sur Jeremiah. Il recula d'un pas en s'efforçant de rester calme.

– Tu ne la mérites pas, décréta-t-il.

– Qu'est-ce que ça peut te foutre?

*En effet.*

– Nous avons démoli suffisamment de gens par le passé, répliqua Lucas, dont l'esprit fut traversé par le visage d'Anya. Que je sois maudit si je laisse encore quelqu'un souffrir par notre faute.

Jeremiah ne releva pas, et ce silence permit à son frère de se maîtriser.

– Il semble que toi et moi soyons dorénavant des cibles, reprit-il. Un saboteur a bien failli faire sauter ce bateau. On lui avait délibérément fourni de fausses informations puis confié une bombe. Seulement, il n'a pas su l'utiliser.

Il s'interrompit, croisa le regard vert sombre de son frère.

– Je crois que c'est *toute* notre famille qui est visée, poursuivit-il en se penchant sur son prisonnier. Pas seulement toi. Alors mets-toi bien ça dans le crâne, espèce de tête de mule: je ferai ce qu'il faudra pour survivre. Et ça te concerne aussi.

Il s'était exprimé avec une amertume brûlante. Il lui était impossible de demander son aide à Jeremiah. Pas maintenant, pas après ce qu'il venait d'apprendre. Le milliardaire fut le premier à détourner les yeux. Lucas se redressa.

– Flanquez-le dans sa cellule ! ordonna-t-il avant de s'en aller.

Le navire était suffisamment grand pour que, malgré les recherches de l'équipage au grand complet, une heure soit nécessaire avant qu'il soit sécurisé. Une nouvelle fouille s'imposerait pour vérifier que Jeremiah n'avait pas semé des mouchards quelque part, mais ils pouvaient repartir. Après avoir brièvement parlé avec Frank et Matthews, Lucas redescendit dans la cabine.

Assise sur le lit, Lucy se leva quand il entra. L'égarement et le chagrin qu'il lut sur ses traits lui serra la gorge. Sans un mot, il s'approcha de la commode et entreprit de fourrer des affaires dans le sac qu'il avait emporté.

– Où allez-vous ?

– Je dormirai là-haut avec Matthews et Frank. Ainsi, vous aurez cette cabine pour vous seule.

– Pourquoi ?

Il garda d'abord le silence, ne sachant pas quelle réponse lui donner. *Parce que mon frère ne vous mérite pas mais que je vous mérite encore moins.*

– Mon égoïsme a déjà détruit la vie d'une jeune fille innocente, grogna-t-il, mais son visage restait neutre. Je ne ferai pas la même erreur.

Lucy tourna la tête, ce qui n'empêcha Lucas de déchiffrer la culpabilité sur ses traits. Il était désolé qu'elle regrette ce qui s'était passé entre eux. Il avait profité de l'avantage de la situation ; pourtant, c'était à elle-même qu'elle en voulait. Il n'eut aucun mal à deviner la question qu'elle allait lui poser.

– Jeremiah est-il au courant de…

– Il pense que vous êtes ma prisonnière. C'est le cas. C'est à vous de lui confier le reste si ça vous chante.

Ses intonations étaient dénuées d'émotion. Il veillait à ne pas montrer ses sentiments. Ne supportant plus de voir l'expression affligée de la jeune fille, il s'affaira à rassembler le strict minimum qui lui serait nécessaire.

– Vous êtes libre de quitter cette chambre. Mes hommes ont reçu des instructions leur interdisant de vous importuner.

Lucas était déjà à la porte quand il l'entendit murmurer :

– Ne partez pas !

Il ferma les paupières une seconde, laissa échapper un soupir. Puis il regarda Lucy, et lorsqu'il vit ses yeux brillants de larmes, une chose qu'il croyait morte en lui se réveilla. Il posa son chargement et s'agenouilla devant la jeune femme. Il écarta avec délicatesse une mèche de cheveux, et elle se pencha contre sa paume.

– Lucy, chuchota-t-il.

Elle releva les yeux.

– Pourquoi ne voulez-vous pas que je m'en aille?

– Parce que…

Elle se tut, apparemment incapable de formuler une réponse. L'étincelle d'espoir qui s'était ranimée en lui mourut durant le silence qui s'installa, et il hocha la tête.

– C'est bien ce que je me disais.

Il se remit debout et, résistant à l'envie de la toucher, il recula, tourna les talons et s'éclipsa en refermant doucement la porte derrière lui.

## tout ce qu'il voudra

*déjà disponibles*

épisode 1

épisode 2
tous les coups sont permis

épisode 3
en amour comme à la guerre

épisode 4
dommages collatéraux

épisode 5
trahison

épisode 6
naufragée, 1re partie

épisode 7
naufragée, 2e partie

tout ce qu'il voudra
*l'intégrale*

Ce volume reprend les épisodes 1 à 5

*à paraître en janvier 2014*

épisode 8
naufragée, 3e partie

épisode 9
naufragée, 4e partie

Imprimé en Allemagne par GGP Media GmbH en septembre 2013
ISBN : 978-2-501-09049-0
4137691/01
dépôt légal : octobre 2013

PAPIER À BASE DE FIBRES RECYCLÉES

**MARABOUT**
s'engage pour l'environnement en réduisant l'empreinte carbone de ses livres.
Celle de cet exemplaire est de :
250 g éq. $CO_2$
Rendez-vous sur www.marabout-durable.fr